80岁

我 和
我生命的
延 续

申冰 —— 著

40岁

20岁

10岁

中国财富出版社有限公司

图书在版编目（CIP）数据

我和我生命的延续／申冰著．－－北京：中国财富出版社有限公司，2024.6．－－ISBN 978-7-5047-7865-9

Ⅰ.I247.5

中国国家版本馆 CIP 数据核字第 2024DA3944 号

| 策划编辑 | 朱亚宁 | 责任编辑 | 王 君 | 版权编辑 | 李 洋 |
| 责任印制 | 梁 凡 | 责任校对 | 庞冰心 | 责任发行 | 杨恩磊 |

出版发行	中国财富出版社有限公司		
社　　址	北京市丰台区南四环西路 188 号 5 区 20 楼	邮政编码	100070
电　　话	010－52227588 转 2098（发行部）	010－52227588 转 321（总编室）	
	010－52227566（24 小时读者服务）	010－52227588 转 305（质检部）	
网　　址	http://www.cfpress.com.cn	排　版	宝蕾元
经　　销	新华书店	印　刷	宝蕾元仁浩（天津）印刷有限公司
书　　号	ISBN 978-7-5047-7865-9/Ⅰ·0373		
开　　本	880mm×1230mm 1/32	版　次	2024 年 6 月第 1 版
印　　张	8	印　次	2024 年 6 月第 1 次印刷
字　　数	166 千字	定　价	42.00 元

版权所有·侵权必究·印装差错·负责调换

亲爱的读者：

你好！我叫梅花，是接下来这个故事里的主人公。我想你之所以会翻开这本书，也许是因为在现实生活中你的朋友、家人或者是你自己，遇到了无法解决的、关乎生死的问题，也许你也曾像我一样，翻看各种书籍或者在网上检索各种资料，来寻找导致抑郁的原因。有些人说这是生理问题引起的，有些人说这是内心敏感、脆弱等心理问题引起的，但你我都清楚，选择放弃生命，原因一定是复杂的。如果还能撑下去，谁又会去选择这样一条绝路呢？

但很幸运，我活下来了，被救活的过程很漫长，这个"救活"指的并非生理意义上的，而指的是灵魂。在此期间，我经历了亲情、友情、爱情的种种考验，像一场梦，但这个梦却是那么真实，每次触碰到的都是心灵深处的痛点。你问我是怎么活下来的，我想是我自己救了自己吧。可能你不太懂我这句话的意思，没关系，看完这个故事，你或许就会明白我在说什么了。

接下来，我们即将踏上一场心灵之旅，希望各位旅途愉快！

◇ 我和我生命的延续

　　嘿，你还好吗？我知道在这个世界上你会有很多遭遇，我相信面对众多遭遇，你一定可以救下你自己。请不要轻易放弃生命，你可以过得很幸福，你可以有向往的人生。即便迄今为止，你我或许都因为人生的种种遭遇显得不那么幸运，即便我们没有被这个世界温柔以待，我还是希望你能咬牙坚持着撑下来，因为没有什么比活着更重要。无论多么糟糕的生活，都请你从此刻开始冷静下来，给自己一个重新选择的机会，努力期许美好的未来……

梅花
写于 2079 年

目　录

1　遗书 ………………………………………… 1
2　我们都叫梅花 ……………………………… 7
3　过去和未来 ………………………………… 15
4　救人 ………………………………………… 23
5　复仇计划一 ………………………………… 32
6　网吧阿加莎 ………………………………… 38
7　匿名信 ……………………………………… 44
8　谣言四起 …………………………………… 48
9　不忍 ………………………………………… 53
10　新来的老师 ………………………………… 57
11　不是他 ……………………………………… 66
12　《雨夜传》 ………………………………… 71
13　消失的感应 ………………………………… 77
14　复仇计划二 ………………………………… 82
15　她是我的学生 ……………………………… 87
16　签约 ………………………………………… 93

17	五维空间	99
18	复仇计划三	105
19	楚森=畜生	112
20	嫌疑人落网	116
21	时空之旅	120
22	重新认识你	128
23	从未出现过的人	133
24	新的开始	138
25	辞职	146
26	相亲	155
27	危险关系	163
28	寻人	172
29	失踪	182
30	图书馆	197
31	囚禁	205
32	告别	211
33	红姨的故事	221
34	人质	227
35	重回过去	240
36	守护	245
37	结语	248

1
遗书

　　我要离开了。此时的我整个人是麻木的，却又有着从未有过的清醒。在学校，我本就不是一个受欢迎的人，他们都不喜欢我，包括老师在内。现在我要走了，确切地说是要死了，我知道他们当中也不会有人为我惋惜，只会把我的离去当笑话一样调侃两句，我不在意，对，我根本就不在意！

　　那个人，至于那个人，他要是知道我就这么死了，肯定乐坏了，这回他应该彻底轻松了，没有我这个绊脚石，他和那个有钱的女人就更逍遥自在了。

　　哎，我的眼睛是怎么了？怎么会有水珠滴出来？眼泪吗？别闹了，我是不会哭的。想想我现在身无分文，一事无成，我的人生就是一场典型的悲剧，这场悲剧的诞生还要感谢那个肥嘟嘟的中年妇女。原谅我这样不礼貌地描述一个女人，但她真的是一位肥嘟嘟的铁石心肠的中年妇女，她就是我去实习的那个公司的主编。她克扣了我的稿酬，那是我最后一根救命稻草，我埋头苦写了一年的小说剧本，作品署名竟变成了她，一切努力就这么付诸东流了。现在我身无分文，因为我从昨天的电话里得知，我不只被我的原创剧本除名，稿酬也跟我没有任何关系。这就是盗窃！她无耻地盗走了我的作品！可是……我竟然拿她一点办法都没有……

手机屏幕又亮了，直到电话挂断，屏幕显示出这是第112个未接来电。这么执着打电话给我的人不是别人，而是我的父亲梅大鹏。别误会，这112个电话不是关心，只是一个酒鬼父亲找女儿要钱未能如愿的发泄而已。从昨晚开始，梅大鹏的"索命连环来电"就没断过，他向我要钱去还他的赌债。电话里我能听得出来他又喝酒了，我说我真的没有钱了，他在电话里咒骂我是畜生、无能，当然还有比这更难听的话，我平静地告诉他："这次你自己想办法吧！我累了……"

钱哪，你是个好东西，但你又是个坏东西，我现在没了你，被生活压得透不过气，真是好累啊！我想老天是在提醒我，是时候该离开了，是这个意思，对吧？

临别之际，还有什么能告别的人吗？好像……没有了，那就这样吧。

不做梦了，这个冷漠的世界，再见了！

梅花
写于 2019 年

梅花在桌子上写着自己留给这个世界最后的文字，这大概是她二十四年来写得最畅快的一次，因为不会有人再对她的文章指手画脚，她终于不用像平时对待小说和剧本稿件一样，字字斟酌、句句修改，这次的写作可以说是一气呵成。这是她对这个世界最后的留言，抑郁了这么久，死到临头了，还有必要在乎谁的眼光吗？反正也没什么人会看到，就当作自己曾来过这个世上的证据吧！

梅花将写好的遗书合上，这遗书记录在一本不起眼的纸质日记本里，她习惯性地用学校研究生部发的免费内部校刊压在上面，并将之前选好的照片摆在最顶层显眼的位置。照片里的梅花五官端正，身着长袖白衬衫，一头披肩长发衬得她气质不俗，清秀的面容上有难得一见的一丝微笑。没错，她想让不知什么时候会发现她尸体的人明白，这张照片可以作为遗照。

待把这些身后事的东西摆弄整齐，梅花站起来，轻轻挪开椅子，转身到书桌边的沙发上，拿起早已准备好的、长条形的、浅草绿色的布缎。这布缎是她精心挑选的，花了她仅剩的四十五元钱存款。至于为什么是浅草绿色，梅花是这样解释的：首先，浅草绿色是她最喜欢的颜色，这种颜色清淡素雅，与她的性格一般安静轻柔；其次，从古至今，那些自尽的人不是用麻绳就是用白绫，梅花觉得，好不容易死一回，不能在死的时候也落入俗套，既然都要走了，那就任性一回，按照自己喜欢的方式来吧！

梅花走到屋子正中间，将浅草绿色布缎挂在房顶的一个铁钩处，这是上一户人家钉到承重墙上挂画用的，由于之前这房子又破又旧，所以屋主以很便宜的价格转让给了梅花。梅花一搬进来就注意到了这个钩子，她也试图将钩子弄下来，但由于钩子是用膨胀螺丝砸进去的，所以结实得很。没想到现在这钩子竟派上了这样的用场，"还好当时没成功，要不眼下还得四处找可以承重的位置。"梅花庆幸地说着。

浅草绿色的布缎沿着钩子顺下来，梅花站在椅子上对比着自己的身高，再将顺下来的多余的布缎剪断，最后再将剪好的两头系成了精致的蝴蝶结形状。

大功告成！梅花长吐一口气，将带靠背的椅子正面调整到对着窗户的位置，然后重新站回椅子上，梅花看着窗外有一只小鸟飞过，它是来给她送行的吧，梅花这样想着。

"再见了，我这痛苦的人生！"梅花大声地对自己喊出了这句话。

梅花的头轻松地钻进了蝴蝶结布缎里，她左右调整了下，找到了一个舒适的角度，然后微笑着闭上了眼睛。她用力蹬了一下脚下的椅子，没想到椅子靠背反弹的力量重重地打在了小腿上，上吊的布缎也勒得梅花喘不过气，这种上下夹击的痛苦令梅花苦不堪言，她在心里暗想，下回上吊可得挑个不带靠背的凳子。

按梅花的想象，自己的生命这一切就应该这么优雅地结束了，可谁知由于钩子太细，再加上之前小腿的疼痛，导致梅花扑腾得太狠，布缎竟顺着梅花扑腾的方向不住地打结，最后在半空中拧成了麻花绳，勒得梅花好生尴尬。她想，按照这副惨样死掉真是太难堪了，连最后的告别都这么意外，梅花内心真是不甘。

"不要！不要……"

突然，一个声音由远及近，传入梅花耳内，她挣扎着，顺着扭曲打结的布缎努力转过身去，或许是旋转力度过猛，或许是面料不太结实，布缎连着钩子的地方竟扯开了一个撕口。梅花并没有注意到这一点，此刻，她全部的注意力都集中在窗外。

只见窗外，一个物体以高速旋转的方式砸向梅花家的窗户。"砰！"玻璃窗被砸得稀巴烂，随后，这个物体慢悠悠地支起身体，揉搓着受伤的手臂。"疼死我了……"一个十岁左右的小女孩映入眼帘。

"你……是……谁？"梅花拽着上吊布缎，艰难地挤出这几个字。

这个小女孩嘟着嘴，乱蓬蓬的头发下盖着一张稚嫩、可爱的小脸蛋，小女孩抬起头露出了额头，梅花看到小女孩的额头上还挂着一道小口子。女孩一脸委屈，眼泪随时决堤的样子，让梅花竟一时忘记了自己在上吊，她甚至还觉得这个画面很有喜感。

就在这时，巨大的撞门声传进屋内，"砰！"门被一脚踹开。

梅花似乎是适应了这种身体与上吊布缎之间的关系，她再次顺着拧成麻花的布缎绳转向门口。一个看起来四十多岁的女人破门而入，女人见到正上吊的梅花，赶紧整理了下紧张的表情，立刻摆出一副温柔的神态来劝慰梅花。

"下来，乖，别这样想不开，快点下来，乖……"

"你……又……是……谁？"可能是折腾太久，窒息感渐渐占据了梅花的大脑。

"求求你了，下来好不好？这样多难受啊！"这时候小女孩也爬起来对梅花说道。

梅花的面色已经开始发绀，布缎绳还在打转。

"我……也……想……这不是……下……下不……来……"

话音未落，一声清脆的撕裂声响起，布缎从撕口处彻底裂开，梅花顺着撕裂的布缎重重地落到地板上，昏死过去。

2
我们都叫梅花

梅花整个人平躺在沙发上，脖子上还残留着上吊布缎勒过的半圈印痕。她缓缓地睁开双眼，挣扎着坐起身，但随着意识逐渐清醒，一股酸痛也随之袭来，梅花摸着身体忍不住呻吟出声。

"醒了？"一个陌生的小女孩的声音传进梅花耳朵里。

忽然，一大一小两张脸映入梅花眼帘，梅花吓得身子往后一躲，躲的时候身体一阵疼痛，这时她才想起身上还有上吊绳断裂造成的摔伤，一边揉着疼痛的身体，一边质问眼前这个十岁左右的小女孩和那个四十多岁的女人。

"你们是谁？为什么到我家来！"

两个陌生人对视后，十岁左右的小女孩突然一屁股坐到沙发上，她额头和手臂的伤口还用创伤胶布贴着，她撕开一包薯片一边吃一边开口说道："这个可真好吃，我从来没吃过这么好吃的东西！"

梅花瞧着小女孩吃得正香的那包进口薯片甚是眼熟，没错，那是梅花以为要发稿酬之际，趁着超市大促销买来犒赏自己的，谁知最终不仅稿酬没领到，自己也穷得揭不开锅了。这包薯片她一直存着不舍得吃，现在看到面前的小女孩吃得津津有味，梅花气得一把夺过来。

"你这小孩怎么乱吃别人家东西啊，你知不知道这对别人来讲意味着什么？"

梅花以为小女孩会害怕，没想到小女孩看了看梅花的反应，然后笑嘻嘻地说："真的好吃，以后这个就是我的最爱了！"

"这个也是我的最爱！不对，都被你带跑偏了，你俩到底是谁啊？到我家来有什么目的？"梅花有点要爆发了，她不耐烦地说，"你们这一老一小闯进我家，到底要干什么？诈骗犯？我没钱，你们什么也骗不到。要是盗窃的，那你们睁大眼睛看看，我这里穷得一目了然，捡破烂的都不要这些。你们是什么也得不到的，没什么事儿就快走吧！"梅花想赶紧打发了她们。

面对梅花的不客气，四十多岁的女人站起身，走到小女孩之前飞进来时砸破的那扇玻璃窗前，抱起双臂，梅花能感觉到这个老女人有些不太高兴了。

"你说谁老呢？四十多岁就老吗？没礼貌！还有，我告诉你，你不能死，从现在开始想都别想！"

梅花有些心虚：她们怎么会知道自己要死？但她转念一

想，又觉得自己太蠢了：她们两个闯进来的时候，自己正在上吊，这也太明显不过了。

这时，小女孩也凑了上来，说道："对啊对啊，你不要死，你死了我就没有未来了。"

面对这两个莫名其妙的"天外来客"，梅花内心竟觉得有一丝异样的感觉。还有人在乎自己的生死吗？在别人眼中，自己从来都是个死了也被嫌碍眼的人，可现在突然有人跑过来关心自己的生死，虽然是两个来历不明的人，但这也算是一种安慰吧。难不成是老天看自己太可怜了，临终前来个安慰奖？梅花脑子里这样闪念。

"并不是老天可怜你，我们费了好大劲儿才赶过来的，而且你那上吊绳已经断了，你没法死了，趁早打消自杀的念头吧！"年长的女人回过头冷眼看着梅花。

梅花吓得一惊，这个老女人怎么好像完全知道自己在想什么一样……难不成她还有读心术或者某些能透视人心的法术？但这样的想法让梅花觉得自己的脑洞未免开得有点大了，都是现代社会了，怎么可能还有什么法术呢？况且，之前新闻不都曝光了，那些表演读心等特异功能的都是骗子，无非就是跟踪或者窃听别人隐私后，再装作一副什么都知道的表情罢了。

"我可不是有什么特异功能，还有，我也不是骗子，你也不用乱猜了，我就是能知道你在想什么。"年长的女人继续冷静地盯着梅花说道。

"你怎么知道我在想什么？难不成……你开天眼了？"梅花张大嘴巴，惊讶地看着对方。

小女孩童真的笑声突然冒出来，那位年长的女人没好气地瞥了一眼小女孩，然后略带警告地对梅花说："你最好能把我的话听进去。"

"你的话……听进去？凭什么？我为什么听你的？再说你们这样闯进别人家，是不是该向主人道歉呢？"

说罢，梅花见这两个陌生来客不做反应，于是接着说："不道歉就算了，时间不早了，就不留二位了，请回吧！"下完逐客令，梅花生气地别过头去。

小女孩舔舔吃完薯片的手指头，一脸无辜地说道："我们走不了了，时空契约者是这样说的，只有当你不再想死，我们两个人才能离开。"

"时空契约者？你刚才说……时空契约者？"梅花心想：眼前这两个人莫不是疯子？要不要给精神病院打个电话？边想着，梅花边四下寻找自己手机的下落。

只见那个年长的女人走到书桌边，拿起一个东西，然后回身扔到梅花手里。梅花猝不及防，差点儿没接住，仔细一看，那人扔过来的竟是自己的手机。

"你扔我手机干吗？"梅花生气地质问对方。

"你不是觉得我们是疯子，要给精神病院打电话吗？打吧。"年长女人没好气地回答。

不得不说，此刻梅花已经完全惊住了。她……她是真的会读心术！这两个到底是什么人？

小女孩急忙解释道："我们没病，我们知道你叫梅花。时空契约者是这样说的，只有当这个时空的梅花，也就是你，你的内心足够强大，能重新燃起对生活的信心的时候，我们的任务才能完成。"

"我对生活的信心？你们的任务？简直不可理喻！我的生活与你们何干？看来我真的要打电话去了，你们不是骗子就是疯子！"

"因为你就是我们，我们就是你！"小女孩有些着急地喊着。

梅花彻底无语了，直摇头叹息，心想：人倒霉时真是想死也死不成，本来心情就没平复，眼下还要解决这两个疯子，应该没人比自己更可悲了。

这时，年长女人不慌不忙地走到梅花对面，解释道："小不点说的没错，你就是我们，是你迫使我们到了这个时空，她是你的过去，我是你的未来，我们之所以会到这里来，是由于这个时空的你不知道是哪里出了问题，突然要自杀，我们立即被时空契约者送到了你所在的这个时空来修补漏洞，不能让你自杀，并且要让你彻底打消自杀的念头，让我们所有人的生活都重回正轨。"

梅花看着眼前这一大一小两张陌生的面孔，真是觉得好笑，心想：现在这诈骗犯都这么鬼扯了吗？自己真是差点就信了，要不是已经准备赴死的话，真会考虑把她们当素材写进剧本里，眼下也没心情跟她们耗着，还是赶紧打发了吧！

"好的，你们的好意我都收到了，但是你们看我现在没事儿了，就放心地走吧，不用再惦记我，回到属于你们的地方，好好去度化别人，门在那边，你们一直向前走，勇敢迈出去，那边就是一个新的世界，再见了！"梅花边说边把这二人推到家门口。

年长女人猛地拽住梅花的胳膊，说道："我再说一遍，我们不是来路不明的人。你这个拗劲儿怎么到现在都没改过来，这也是自食恶果了。不过我告诉你，你想什么我都知道，因为我是未来的你，所以，不要在我面前再演戏了！"

"我演戏？你……"梅花语塞。

"别'你你你'的了。"年长女人有些生气地继续说道，"这样跟你讲，我们看似是不同时空的人，但我们都是属于同一个本体的不同组成部分，每个部分在不同时空当中都是平行、有序地交织在一起的，只要有一个人所在的时空遭到破坏，那么所有人的时空都将受到毁灭性的冲击，后果是无法想象的，你死就意味着我们也会死，你想害死我们吗？"

"求求你，我还不想死，不要毁了我的未来好吗？我不想将来像你这样死掉……"小女孩凑过来扯着梅花的衣角央求着。

2 我们都叫梅花

梅花被年长女人的气势击倒,看起来她们说得有模有样的,再仔细看眼前这个小女孩,不知为何,眼前的这张小脸竟然有种似曾相识的熟悉感,小女孩抬起头,可怜的模样看得梅花有些不忍。突然一个莫名其妙的画面在梅花脑海中闪现——这个小女孩打翻了厨房碗筷。

"刚才你……打翻了碗筷?"梅花有些震惊,"不可能,是我胡思乱想的。"梅花极力否认着。

"被发现了,对不起,我不是故意的。"小女孩一副做错事的模样,低头道歉着。

"什么?你真的打翻了碗筷?那……那我怎么会看到这些?我脑子里怎么会出现这些的!这是怎么回事?"梅花突觉脑袋一阵疼痛。

年长女人不慌不忙地解释:"这是正常现象,因为她是过去的你,她做了什么事情都会出现在你的记忆中,但你脑海的记忆更新会出现得比较慢,这是由于我们现在是处在你所在的时空,传输通道要突破平行时光隧道的阻力传送信息,所以你这里会有点延时,同时由于她在你的时空轨道,所以你会有关于童年的两种记忆,一个是你本来的记忆,另一个是现在她的行为记忆,这种情况等她回去后,会自动修复,所以你不用担心。至于我呢,还是可以正常接收到你的脑电信息,也就是说你想什么、做什么,我下一秒就会知道,因为我是未来的你,你传递给未来的信息通道没有发生变化,还是按照正常速度在传递，所以你的一切我也都会正常接收。"

"你是说……她是……"梅花瞪大双眼，震惊地指着小女孩。

小女孩抢话道："我是梅花，是过去的你！"

"你……"梅花指着年长女人，年长女人点了点头，"嗯，我也是梅花，是未来的你。"

梅花目瞪口呆，半晌没说话，实在是太难以置信了，她颤抖地接住年长女人递过来的老相册，这本老相册本来一直放在书桌的抽屉里，现在被年长女人找到拿出来，相册的外壳已经有些发黄老旧。

梅花翻到小时候的照片，对比着眼前这个活灵活现的"小梅花"，照片中的小梅花略显阴沉，而眼前的这个"小梅花"倒是活泼快乐了很多。各种角度对比之后，梅花得出一个结论：这个"小梅花"竟还真的和照片上一模一样，难不成……他们说的都是真的？

信息量太大了，梅花此时只感觉脑仁一阵生疼，随后眼皮一翻，再次眩晕了过去……

3
过去和未来

　　大街上，梅花快步朝前走着，她的脖子上系了一条围巾，用来遮盖之前上吊时的勒痕，她身后是年长的梅花和十岁左右的小梅花。梅花左拐右拐，一会儿挤进人群，一会儿跑进商场，一会儿又躲到公共卫生间，但都被年长梅花和小梅花找到。最后，梅花实在太累了，于是就出现了三人一起坐在路边长椅上休息的一幕。

　　对面是一家便利店，坐在右边的小梅花盯着橱窗口方向，口水直流。

　　坐在中间的梅花没有注意到这些，只是低头沮丧地问："你们住哪里？"

　　年长梅花淡定地回答："你家。"

　　梅花依旧垂头丧气着不抬头，说道："住多久？"

　　"这要看你。"

　　"我还能甩掉你们吗？"

　　"甩是甩不掉的。"年长梅花回答。

"那你们有钱吃饭吗？"

"没有。"年长梅花和小梅花齐声说道。

"苍天啊！我都穷成个鬼了，又出现你们这两个……累赘，唉！请问我可以去死吗？"

"不可以！"老梅花和小梅花再次齐声冲着梅花喊道。

梅花垂下头，深深叹了口气。一路上，梅花和小梅花之间的感应越来越多，小梅花的每个行为都会不停地在梅花脑海里更新，而之所以梅花躲到哪里都能被轻易找到，也是和年长梅花之间的感应，这可不是那些骗人伎俩能做到的，梅花不得不深信了她们二人之前的话，看来她们真的来自梅花的过去和未来。

"好吧，事已至此……那你们说想怎么办吧。"梅花抬起头看向二人。

"你总算想明白了！既然这样，那接下来就这么安排。首先，我会帮你制订一系列的复仇计划，把你曾经遭受过的欺负和伤害通通还回去，让你恢复对生活的信心，重新燃起对生活的希望。"年长梅花说道。

"具体怎么个复仇法，'老梅花'你讲。"梅花认真地看向年长梅花，年长梅花对"老梅花"这个称呼显然非常不满意，瘪了下嘴，干咳了一声。

"我们要找出那些害你变成这样的罪魁祸首，让他们也尝尝这些不好受的滋味儿，然后一一击垮他们！"边说着，"老梅花"边使劲儿挥舞了下攥紧的拳头，"还有你写的那份遗书也没什么实质的内容，无外乎就是被同学排挤、不受老师待见、男朋友把你甩了、遇到了个无良上司、酒鬼老爹成天逼你给钱，就这些都算什么事儿啊！说出来我都觉得幼稚，你竟然会因为这些看不开，好不好笑！"

"你……"被这么赤裸裸地戳中心事，梅花心里有些生气，但她也知道"老梅花"说的是事实。

"你真是女中豪杰啊，如此轻描淡写地说出自己过去的痛，除你之外还能有谁？"梅花拧着眉毛看着对方，虽然表面上梅花还是不愿承认自己的窘境，但她也知道在这二人面前很难有秘密。

"老梅花"轻蔑地瞪了一眼梅花，说道："也就只有你才会因为这些事情想不开。"

梅花刚想回嘴，但一想人家都活到四十多岁了，某些方面来说，确实比梅花勇敢坚强很多，自己说话腰板不硬，也不好再犟嘴，于是转移话题说道："那我们到底该从哪里下手呢？说说你的全盘计划吧。"

"暂时没想好。""老梅花"回答得斩钉截铁。

"没想好？这个'老梅花'也真是太不靠谱了！"梅花翻着白眼暗想。

"再说最后一遍，不要叫我'老梅花'，你脑子里想都不许想!""老梅花"眼神露出些许愤怒,梅花吓得赶紧捂住太阳穴,仿佛这样就能阻止对方看透自己一样。

"劝你别再做无用功了。"

"好吧好吧,你厉害!那为了咱们相处方便,咱仨总不能都叫梅花吧,这毕竟是在我的时空里,所以我还是得叫梅花,至于你……毕竟比我大二十岁……"

"老梅花"严肃地接着话,说道:"不到二十岁!"

"好……好,毕竟比我大不到二十岁,"梅花心想:这个人可真能计较。但梅花发现"老梅花"又瞪着眼珠子盯着她,她赶紧打断自己的思绪继续说道,"那以后我就管你叫梅姨,至于小不点才不到十岁,就叫她梅小妹吧!"

梅姨对这个新的称呼没有抗议,梅小妹对自己的新称呼也点头表示同意,还在梅花和梅姨面前举起小手,兴奋地喊道:"我是梅小妹,梅小妹!"

"哎?但是你们两个人怎么会同时出现在我的时空呢?你们是来自不同的时空吧?就像《彗星来的那一夜》那部电影一样,那么大的时空里应该有很多个'我'吧?怎么会偏偏是你们两个呢?这也不是斗地主,凑局,你们怎么会同时来呢?"梅花疑惑道。

梅小妹眨眨眼如实说道:"这个我也不知道,是时空契约者突然找到我的,说某一时空的我突然受到一股神秘力量的破坏,致使平行时空发生裂变,需要修复,未来的我需要现在的我的帮助才能修补这个漏洞，否则那个时空的梅花——也就是你，就会想不开，死掉。"

"给你添麻烦了，小不点。"梅花摸着梅小妹的头，眼神里带着些许的愧疚，转头又看向梅姨，"那你呢？"

"我和她差不多，也是被时空契约者送过来的，也是说让我来解救你，不过我是来解救过去的自己，过去的我如果提前死掉了，那么现在这个我也就不复存在了。至于为什么我会和她同时出现，我想这应该是和你那封遗书有关吧，时空契约者说，我们或许是能解开你某个心结的钥匙。"关于这点，看样子梅姨也不是很肯定。

梅花似懂非懂地点了点头，说道："那……我们接下来呢？"

"接下来我们去吃好吃的吧！我好饿啊！"梅小妹眼巴巴地看着对面便利店里正在吃着关东煮的两个小学生，馋得直流口水。

"唉！我的情况你们也了解，最后那几十块钱都买了……那个，我实在是没钱了。"梅花硬是把"布缎"两个字咽了回去，"哎，你们两个不是知道我过得很苦吗？还这么空手来看我，也不带点什么。"梅花的眼神有点哀怨。

"时空契约者说了，不能带任何不属于这个时空的东西，否则就收回这次拯救自己的机会，那我们就都完了。"梅小妹无辜地解释道，"完了"这个词从一个小朋友嘴里说出来还是怪怪的。

19

"唉，好吧。"梅花再次叹气。

梅姨忽然站起身，说道："走，我带你们去大吃一顿！"

梅花和梅小妹顿觉眼前一亮，齐刷刷地看向梅姨，异口同声地说："真的吗？"

梅姨大步朝前走着，梅花和梅小妹互相看了一下对方，然后感到有一股力量突然充满全身，跟着梅姨大步朝前走去。

在一个大型超市里，梅小妹看到好吃的馋得口水直流，她说道："哇，竟然有这么多好吃的，有好多我从来都没见过！"

梅花和梅姨同时看向馋嘴的梅小妹，难得一致地摇着头。

"你小时候。"梅花略带不屑地说道。

"也是你小时候。"梅姨回敬。

梅花走到超市货架前，凑到梅姨耳边，低声说道："你能弄到钱吗？"

"弄不到。"

梅花瞪大了眼睛，尽量遏制情绪，压低声音道："那你带我们来这里干吗？偷东西可不行的，绝对不允许！"

"谁说一定要花钱才能吃到。"梅姨说完，径直走到一个试吃的摊位前，摊主看起来是一个眉头紧锁、心事重重的五十多岁妇女。

梅姨和女摊主说了几句，女摊主眼露狐疑，但随之电话响起，她接起后一脸惊讶，挂断电话后，女摊主连忙拿了一大堆吃的塞到梅姨手里。

"这些吃的都是我送您的,您可真是神人啊,真是要感谢你啦!"

梅花和梅小妹闻声上前,梅姨介绍道:"哦,这是我的家人。"

女摊主又笑着从柜台中给了她们一堆包装的零食。

三个人满载而归。回家的路上,梅花问梅姨刚才和那个女摊主都说了些什么。

"我就是告诉她,看她的面相是一夜暴富,发达之命。然后她就接到了彩票站的兑奖电话,说她中了一百万。"

"哎呀,未来的我还有算命这项技能?"梅花在全力抱着食物的空当,抽出两根手指头比画着算命先生掐指一算的模样,"梅姨,你是什么时候学会给人算命的?"

"笨蛋,她中奖是假的,一个星期之后报纸就会登出公告,这家超市某老字号摊位老板被电信诈骗,电话里对方谎称自己是彩票站的工作人员,要求她尽快缴纳手续费,否则那一百万就会被别人领走。"

"结果呢?"梅花停住脚步问道。

"结果她信了,一夜之间被骗光了所有积蓄,报警后追讨无果,在家中服安眠药自杀了。"梅姨轻描淡写地说完。

梅花惊讶地看着梅姨,再看看手中的食物,"这……这……我们……还这样拿人家吃的?这成什么了呀?"

"她的事情是历史必然发生的，就算我没跟她说话，她也一样是这个下场，因为这是她为自己的贪念付出的代价。人如果没有贪念，怎么会上这么无知的当？在你们这个时代，有多少人因为贪念而丧命！"

"你不也是从这个时代长大的吗？她该丧命的话，那像我这种放弃生命的人不是更该死吗？我有什么资格比他们活得更久？"梅花情绪有些激动。

"你和他们不一样，你现在的行为是由于平行时空漏洞导致的，你真正的生命长着呢，否则怎么还会有我的存在？"

梅姨见梅花不语，宽慰道："你现在这种状态是某种外力暗物质的破坏造成的，你要是出事儿了，那才真是逆历史而行。"

梅花情绪稍微平缓些，低着头看着手里的吃的，说道："可是，我心里过意不去。"

"人各有命，你管不了那么多。"梅姨有点不耐烦了。

梅花还是不语，梅姨有些生气了，"如果你这么过意不去，也可以选择饿肚子。"

梅姨说完径直走去，只留下一个背影，梅花咬着嘴唇看着梅姨的离去，一时间说不出话来，她不知道眼下到底要怎么办才好，真的要见死不救吗？

4
救人

　　天色渐晚，当时被从天而降的梅小妹撞破的那扇窗户，已经被梅姨用木板和胶带封上，虽然不如之前整洁、美观，但遮风挡雨还是不成问题的，再加上夏天本就是开窗的季节，所以破碎的窗子也不会给实际生活带来多大影响。

　　趴在窗前的梅小妹透过只剩半面完好的玻璃窗，看到窗外淅淅沥沥的雨滴落下，兴奋地回过头对着屋内的梅花和梅姨喊道："哇，下雨了，下雨了，你们快看……"

　　只见梅姨斜着身倚靠在书桌边，翻着梅花学校里发的免费校刊，梅花则躺在沙发上，眼珠子瞪着天花板上的裂缝，这二人谁都没有回应梅小妹。

　　毕竟是小孩子，梅小妹实在忍不住了，说道："你们已经好几个小时没说话了！"二人还是不予理睬，"你们的世界好无聊啊，我长大了可不想像你们这样。"

　　梅花生无可恋般地开了口，说道："提前感受这种无趣对你也是好事儿，当作预习吧。"

梅姨也忍不住了，说道："你是要把她变得跟你一样吗？你这一个漏洞已经够我们受得了，再多一个我可拯救不过来。"

"那也总比你那么铁石心肠好，想想我未来会成为你这么冷漠的人，我宁愿现在就了结了自己！"梅花漫不经心地回答着。

"你有骨气，你倒是饿着呀！刚才吃东西的时候怎么不见你的傲骨呢？"梅姨生气地合上手中的校刊。

"好啦！你们别吵啦！"梅小妹阻止二人的争吵，"梅姨，你在看什么呢？"梅小妹注意到梅姨手中的校刊册子。

"我现在看的这个东西可了不得，哎，现在我已经有了一系列的复仇计划，要不要听？"虽然梅姨没看着梅花，但这话当然是问梅花的。

梅花正在分析天花板上的裂缝，那应该是之前上吊造成的，因为裂缝和上吊用的铁钩之间距离很近，看来就算梅姨和梅小妹不出现，梅花应该也不会死，还非常有可能把天花板坠出一个大坑。但一听到梅姨说复仇计划，这复仇计划肯定是和自己有关的，梅花眼前一亮，视线立刻从天花板上挪开，说道："什么复仇计划？"

梅小妹走到梅姨身边，拿过梅姨手中的校刊，说道："什么是复仇计划？跟这个有关吗？"

"嗯。"

梅花看着被梅小妹乱翻的校刊,说道:"骗人的吧?看这个能看出什么计划?"

"无知!"梅姨的言语中带着一丝嘲讽的意味。

"我还不想听呢!"梅花赌气说着。

"不想听拉倒!"梅姨也赌气,两人这时候的表情真是一模一样。

"就不想!"

"你……"梅姨被气到无语。

梅小妹在一边拉着梅姨,说道:"你们两个别吵了,好幼稚啊!"

梅花和梅姨同时看向梅小妹,被这么一个小丫头说幼稚,好像是挺尴尬的。

梅姨深呼吸一口气,强忍着压制下了怒火,对梅花说:"好,按你想的做,可以了吧!"

梅花眼睛一亮,即刻从沙发上弹坐起来,说道:"真的?"梅姨无奈地点了点头。

"什么呀?做什么呀?"梅小妹干瞪眼,却完全不知道她们在说什么,她很确定这跟她是小孩子的身份没关系,"你们两个能知道对方的想法,可是我什么都不知道,这不公平,你们欺负小孩子,快告诉我你们在说什么。"

但成人的世界就是那么容易忽略小孩子的声音,梅姨继续对梅花说:"但是我丑话说在前头,历史就是历史,没人能轻易改变历史轨迹。"

"我不就是那个改变了历史轨迹的人吗?虽然不是什么好的改变吧。"梅花想起自己险些自杀死掉的英勇事迹,"但……也至少能证明有这样的人存在!"

梅小妹彻底急了,跑到梅花身边拉扯着梅花的胳膊问:"你们到底在说什么呀?"

"我们在说……救人!"梅花摸着梅小妹的小脸蛋,高兴得眼角都飞了起来。

"救人?救谁……难道是那个救济我们的奶奶吗?"梅小妹似乎顿悟了。

"真是一点就通啊,你答对了!不过,小时候的我就已经这么冰雪聪明了吗?"虽是疑问句,但梅花却用观赏着博物馆展品一般的眼神看向梅小妹,露出赞许的表情。

按照计划,由梅小妹和梅花在超市门口拖住下班回家的女摊主,梅小妹负责分散女摊主的注意力,然后梅花顺势偷走女摊主的手机把那个诈骗电话拒接拉黑,为了不露出破绽,随后再由梅姨从后面接力出场将路边"捡到的"手机还给女摊主,当然,这部"捡到的"手机是由梅花转移到梅姨手里的。

商定好后,三人出发来到超市门口等待。

"时间差不多了。"梅姨观望着超市员工下班的通道。

"OK!一切照计划行事!"梅花和梅小妹击掌,和梅姨击掌时，梅姨没理她们，梅花只好和梅小妹再击一次掌来缓解尴尬。

眼见女摊主出来了，梅姨躲到事先说好的隐蔽位置，梅花和梅小妹依计行事，径直迎了上去。

"阿姨！"梅小妹一声"阿姨"惹得梅花瞪大了眼睛，心里默想：小丫头，在家的时候不是还叫人家奶奶吗？这会儿这么快就改阿姨了，这小嘴可真甜，这倒真不像自己小时候，算是青出于蓝吗？

正当梅花脑子里胡思乱想的时候，只见不远处一道愤怒的目光杀过来，梅姨正咬着蠕动着嘴唇，见此状吓得梅花立刻断了念想，回到现实中来。

"阿姨，我想上厕所。"梅小妹对着女摊主求助。

"你身后就是厕所。"女摊主站定，头也不抬地回着手机信息，直截了当地回答。

梅花和梅小妹眨了眨大眼睛看向身后，一个移动公厕映入眼帘，二人如漫画人物一般，脸上尴尬地映出了一堆黑线。

"噢，那个……是厕所啊，那个竟然是厕所，我竟然一直都不知道，呵呵……"梅花尴尬地圆场，"那……那要不你去上吧……"

梅小妹瞪着大眼睛看着梅花，说道："我没有！"

"你有！"梅花使了个眼色，梅小妹顿时一脸委屈地准备向厕所走过去。

"哎，你肯定又没带纸吧，哎呀，这孩子真是。"梅花转头向女摊主说话，"这我也没带，您看您能借我们包纸巾吗？"恰好女摊主发完信息，把手机揣进兜里，抬头看到是梅花和梅小妹，认出了她们，说道："是你们？哎哟，有有有，我给你们拿。"女摊主边说边在单肩大挎包里一顿乱翻，梅花趁乱从侧面悄悄摸走了女摊主的手机。

"喏，找到了！"女摊主把纸递给了梅花，梅花和梅小妹鞠躬道谢走开了。二人背过身后，得逞地笑着翻出了手机，但看到手机记录时便傻了眼，手机上的通话记录上只有一个写着"医院"的不同时段的拨入电话，信息里也只有一个收件人"林医生"。

"什么情况？"梅花蒙圈了。

这时，梅姨也迎了上来，"难道……她有两个手机？"梅花听到这话差点喷血。

"那现在怎么办？把那个也偷过来？"梅花提议。

梅姨摇摇头，说道："不行，太容易暴露了，先按照原计划我给她送回去再说。"梅花也没别的主意，只好点头同意。

梅花远远看到，梅姨追上了女摊主并将手机还给了她，又和对方交谈了几句，看气氛二人聊得很愉快。只见梅姨对着梅花和梅小妹招手，说道："过来，红姨邀请我们去她家吃饭。"

三言两句就搞定了，梅花不禁对梅姨露出赞许的目光。

到了女摊主红姨家，红姨和梅姨联手做了满桌子的好菜，竟然都是梅花最喜欢吃的，当然也是梅小妹最喜欢吃的，梅小妹吃得特别开心。梅花想起刚才路边偷拿手机的事儿还是有些心虚，梅姨立刻用眼神提醒梅花不要胡思乱想，以免露出马脚，梅花赶紧定了定神。

"红姨，你做的这道菜也太好吃了，我都吃到这儿了！"梅小妹一只手拿着筷子，另一只手夸张地指着自己脖子的位置。

红姨笑着回应道："这个小不点，好吃你就多吃点！"

"红姨，你的家人呢？他们什么时候回来？"梅花边夹菜边问道。

红姨挂着皱纹的眼角有些微微触动，情绪也有些低落，说道："我儿子……在医院，现在是植物人，所以我也想多攒笔钱给他治疗。"

场面顿时冷了下来，原来红姨是想攒笔医药费给她生病的儿子，梅花意识到自己提到别人伤心事了，一脸懊恼抱歉，梅姨圆场，说道："这个孩子总是乱说话，您别介意啊！"

"哪里，不会的，以后你们可要常来我这里，好久没这么热闹了，我这里啊，太冷清了。"

"好啊！"梅姨开心地回应着。

"你可真有福气，这两个孩子都这么可爱。"红姨八成是以为这梅花和梅小妹都是梅姨的孩子，梅姨还没来得及解释，只听梅小妹和梅花齐声说道:"我可不是孩子了!"随之二人又非常嫌弃地互相吐了吐舌头,红姨看着她们不禁笑出了声,梅姨也尴尬地跟着迎合。

梅花瞄了一眼红姨桌上的手机,确定了和刚才他们在超市偷拿出来的那部手机不一样,梅花借着要跟学校导师联系而自己手机没电的理由向红姨借来了手机。

梅花放下筷子,拿着手机走到了一边,然后翻出手机通话记录对照着来电时间,将那个时间段的陌生来电全部拉了黑,成功后悄悄对梅小妹和梅姨比画着 OK 的手势。

回到餐桌后,梅花感谢红姨,并向她提议道要帮她下载一个可以过滤诈骗电话和垃圾信息的软件,红姨一听还有这功能便笑呵呵地欣然接受了,并高兴地说道:"还是年轻人,能把这些智能手机弄得明白,我们玩不转。"

梅花灵机一动,"红姨,您那里还需要用人吗?"

"需要啊,这两天一个员工回老家结婚了,刚辞职,我正愁着招人呢。怎么,你有合适的人选?"

"有啊!我们家梅姨最适合不过了,她一直说跟您很有缘分,能去您那里工作就太棒了,"梅花完全不敢看向梅姨,即便不看,梅花也能感受到一股冷冷的杀气,"况且……有梅姨在您身边照顾,我也安心一点。"

"那真是太好了,我正为这事儿头疼呢。"红姨开心地拉着梅姨唠家常,梅姨勉强挤出微笑应和着。

事情顺利解决，大家紧张的情绪放松了下来，这顿饭总算吃得踏实了些，梅花很久没吃过这么香的饭菜了，大概是太久没有感受过家庭的温暖了吧，看着红姨、梅姨和梅小妹，梅花孤独已久的内心竟有种莫名想哭的冲动，眼泪控制不住地在眼眶里打转。梅姨和梅小妹都注意到了梅花的异样，梅花为了掩饰自己的眼泪，拼命地往嘴里扒着饭，抑制不住哭腔地说着："真好吃，今天的菜真好吃……"红姨顺着梅花的长发安抚着，说道："这傻孩子……"

5
复仇计划一

阳光从拼补的窗缝里洒进来,梅姨拿着笔在告示板上讲解着她为梅花规划的人生复仇计划,按照顺序排列的关键词有三个:"学校""前男友""女主编",梅小妹似懂非懂地装作大人模样,时不时点着头,梅花往上推推眼镜,很认真地拿着笔做笔记。

"看校刊的这一页,这是班里毛海蓉发表的,但重点是这篇文章的位置和推荐人。"梅姨像做演示报告一样举着那本校刊。

毛海蓉这个名字梅花当然不陌生,他们研究生院每个专业一共也招不了几个人,他们这届算多的,一共七个,四女三男,毛海蓉就是其中一个,同时她也是带领全班同学一起排挤、冷落梅花的首要人物。

记得开学时,有一次梅花在食堂打完饭,见到本班同学都围坐在一张大桌子边,梅花思量再三决定主动亲近下同学,于是朝着大桌子走了过去。没想到饭盘刚一放到桌子上，毛海蓉就瞪了一眼梅花，然后直接起身换到了另一桌，还对另几个同学喊着："喂，你们几个磨蹭什么呢？快过来啊！"

想到这儿梅花心口顿时又觉得好堵，一种被深深伤害的感觉再次袭来。从那以后她在这所学校里总是形单影只，而校园中，那些被同学排挤的人是会被所有人看不起的，外系的同学也不会搭理这种不被本班同学接受的人，他们认为这种人的人品一定不怎么样，所以也没有人愿意和梅花交往。同时，毛海蓉也多次散播关于梅花的谣言，说她不合群、爱出风头、嫉妒心强、抄袭别人作品等，还说她有重度抑郁症之类的心理问题，这所学校的研究生部对抑郁症避之不及，导师怕学生自杀给自己惹麻烦，学生怕被麻烦缠身的同学影响自己的学业进度。学校里大家都活在自我、自私的狭隘世界里，每个人都有自己的目的，没人有闲心去搭理一个会给自己带来麻烦且无用的人。

一开始梅花对学校一腔热情，她想着毕竟这里是学校，还是一片热土，总会有明白、理解她的人，所以她和导师付建曾诉过苦，并表示她并不是如流言中所描述的那种人。谁知得到的回馈并不是理解，而是导师的无情挖苦，导师明确表示不希望她给自己添麻烦，希望她能在学校安分些。自此以后，无论是什么项目课题，导师从没分配给梅花过，眼看着身边的同学一个个都有了各种奖项，她是班里唯一没有任何成绩的人，不是她真的懒惰不上进，而是导师把她的每一次实践提交申请都驳回了。有一次，导师竟然把她的提议给其他同学做，梅花申诉无门只能私下悄悄抹眼泪，还想着顺利毕业呢，导师是真的得罪不起。就这样，到后来，连梅花自己也放弃了，每天浑浑噩噩的，虽然梅花依旧督促着自己按照要求完成自己的学业任务，但她也知道导师对她的态度，她不抱任何希望。

再说到校刊，这种刊物虽然只是在学校内部传播，但梅花所在的这所学校并非一所普通的大学，而是全国数一数二的影视学院，竞争压力非常大，梅花当时也是努力考了两年才考进这所学校的剧作专业。每年这所学校都会向社会输出特别多的影视娱乐明星，且都颇具地位。每个专业都有明星老师，还有一些老师有自己的工作室，有些因为在学校有一定职位、职称，身份不便，便采取"垂帘听政"的公司合伙制模式，将学校一些资源直接输出到跟自己相关的这些平台，但其实老板还是他们自己，利益也都进了自己的口袋里。在这种情况下，校刊无疑成了学生们推广自己的好平台，每个人都争抢着登上每期期刊的最佳位置。

而梅姨拿着的这本期刊里，毛海蓉这篇没什么含金量的论文，竟被刊登在最佳的位置上。这件事梅花是知道的，照理来讲，这篇水平非常一般的文章，当时在学校也引起过一些争议，本来这个位置是要刊登一个男同学的论文，但梅花的导师付建也是毛海蓉的导师,他力荐毛海蓉,最后的结果就是现在看到的这样,毛海蓉抢到了期刊最佳位置。

梅花咬着笔若有所思地说:"我和毛海蓉的导师虽然是同一个人,但我们两个的命运却相去甚远,什么好事儿都能落到她头上,课上无论她说什么,导师都给予她称赞夸奖,其他同学也都跟着附和,我也不知道我到底哪里惹到导师了,他就是看我不顺眼,上次期末他的必修课也没给我过,难道都得是毛海蓉那种胸很大又无脑的,才能得到上天的垂爱吗?"

"你的也不小呀!"梅小妹认真地插嘴。

"真的?"梅花正了正身,一脸骄傲神色看向梅小妹。

梅小妹认真地点头,说道:"嗯,你看你说发脾气就发脾气,凶起来很大的。"原来梅小妹理解的"凶"并非梅花所说的"胸"。

梅花差点喷血,说道:"小屁孩,你懂什么!"

梅姨在一旁也被逗乐了,但她还是赶紧拉回话题。

"好了,回到正题,你有没有想过,为什么这么多好事儿都落到她的头上?背后到底有什么猫腻?"梅姨指着期刊上作者栏里毛海蓉的名字。

这个问题梅花还真没想过,她只沉浸在自己的世界里,想着自己是怎么不讨人喜欢,从没认真地跳出来思考过,这些事情背后是否另有原因。

梅姨一副有谱的表情卖着关子,说道:"你有没有想过,这个世界上别人不喜欢你，不见得是你不讨人喜欢，而是有些人太'讨别人欢心'了呢？甚至这欢心已经超出了正常的尺度。"

"你是说……毛海蓉和付建……他们两个有什么？不会吧？一个学生，一个老师，还是一个有老婆的老师，这也太毁三观了呀！"梅花惊讶地说道，与此同时顺手捂住了梅小妹的耳朵。

梅姨饶有兴致地继续讲着："还有一个你不知道的事情，毛海蓉深得付建的喜爱不是从上学时候开始的，而是她在未成年的时候就被付建包养了。"

"什么！"梅花惊愕得笔都掉了，"那个付建都五六十岁了，要不要玩这么大啊！太震惊了！梅姨你不是逗我的吧？你是怎么知道他们的事儿的？"梅花惊讶之余，梅小妹挣脱了梅花的大手跑到了梅姨身后。

"我是未来的你，我知道这些有什么好奇怪的。"梅姨不屑地白了一眼。

好吧，其实梅花对这两个人的结局也并不好奇，偷情的结局无非是分手或者在一起。只是今天这个消息对梅花来讲实在太劲爆了，大学教授和女学生有私情，这私情竟然还是从女学生未成年时便已开始了……天哪！太肮脏，太龌龊了！

"所以，你的意思是我们接下来的第一个目标就是毛海蓉？"梅花皱着眉头问梅姨。

"错,第一个目标是付建和毛海蓉,要将他们一网打尽!"梅姨梳理着思绪,"要对付毛海蓉这种人就要将她背后的靠山一起连根拔起,曝光付建,搞臭他,逼他辞职,让他没有任何招架之力,然后我们就可以轻而易举地扒了毛海蓉的皮,让她露出原形。"

梅花有些迟疑,说道:"这……会不会太狠了点?对他们小小惩罚下,别再欺负我就好了……"

"你呀,活该被人欺负成这样,你忘了毛海蓉他们有多少次往死里整你,给你难看?你哭的时候他们对你仁慈过吗?对敌人心慈手软是懦弱的表现。"梅姨恨铁不成钢。

"那……那要不……就依你说的办吧……"梅花有些没底气。

看着梅姨,有那么一刻梅花在想:这就是未来的自己吗?坚决、果断、有手段,对敌人绝不轻饶,是不是生活把自己磨炼成这样的呢?

"磨蹭什么呢,我的脑容量也有限,没工夫成天接收你的胡思乱想。"梅姨换好衣服准备要出门,梅花和梅小妹也赶忙跑去穿鞋。

"哎,梅姨你今天不上班吗?"梅花好奇地问。

"我请假了。"梅姨已经换好了鞋子。

"啊?今天可是你第一天上班啊!"梅花惊呼。

"老板人好,别啰唆了,快走!"梅姨推开门在前面带路,梅花不禁在心里替红姨叫苦。

6
网吧阿加莎

夏日的上午十点钟，室外已经非常闷热了，梅花的脑门早已渗出了汗水，梅姨和梅小妹的衣襟也被汗水打湿了，三个人一动不动地站在网吧门口，看着里面人来人往。

"走！"梅姨领头刚要往里走，一把被梅花拦了下来，梅花说道："梅姨，咱要爆料这么大的新闻，不是该去报社吗？这里可是网吧，我们是不是来错地方了？"梅花指着头顶大大的网吧招牌满脸问号。

"你啊，未来我都还记得，你们这个年代的纸媒早就不行了，不是都写网文吗？网上爆炸性消息的传播力度才更大！"说完梅姨又要往里走，但再次被梅花拦住。

"可是梅姨，"梅花吞了下口水，四下张望了下，然后做贼似的小声说，"我们没有钱……"梅花说出了心里担忧的致命问题，梅小妹也狂点头。

"我跟红姨预支了一个月的薪水。"梅姨轻描淡写地说道。

"什么时候的事……那这么说我们有钱了？梅姨你太务实

了!"梅花刚要回头抱梅姨,却发现梅姨和梅小妹早已进了网吧,梅花也赶紧跟了进去。

三个人用一台电脑确实显得有些拥挤,而且还是三个叽叽喳喳的女人,一度引得网吧里其他顾客频频摘下耳机,探头朝她们看过来。

只见梅花坐在电脑前敲打文字,梅姨坐在一旁不停地挑着毛病。

"你们在吵什么呢?都没人陪我玩了,带我一个好……"一旁咋呼了半天的梅小妹"好不好"三个字还没说全,梅姨就把一个面包塞到了梅小妹嘴里。

"祖奶奶,这又不是写你们家论文,不必那么严丝合缝,要劲爆,劲爆!你看你,这么写根本不行,谁会点开看呢?更别说转发了!"梅姨急性子的毛病又表现出来了,梅花还是有些不服气的,毕竟自己是剧作专业的研究生,也有出版图书的经验,这么写怎么就不行了?

"你要知道,你是研究生就代表我也是,你出版过书就是我也出版过,我比你更分得清楚什么有用什么没用,明白吗?哎呀,你这句话也得改,哪能这么写?这能吸引眼球吗……"梅姨继续挑着梅花文字上的毛病。

梅花被噎得没话说,谁让人家是从虚无缥缈的未来,远道而来的贵客呢!唉,梅花认怂,只好按照梅姨说的改动。

两个小时过去了，终于大功告成。平时这类八卦，梅花是几乎不关注的，虽然看上去行文水准非常一般，准确地说是比较低俗，但按照现代人的快节奏、标题党式阅读风格，这篇文章的确够吸睛了。"某知名影视学院'副'主任包养未成年女学生（内含网盘视频链接）……"视频是梅姨做的，标有清楚的姓名资料，里面是付建的上课视频和毛海蓉背着背包入学的照片，其意在暗指"副"主任就是付主任，而毛海蓉就是那名被包养的女大学生。文章里详细说明了二人哪年开始的不正当关系，并通过这种不正当关系，女大学生都谋获了哪些"走后门"的利益好处。

梅姨对这篇文章非常满意，但梅花心里还是觉得这样传播这些事不太好，可梅姨的理由是"哪里不好了？我又没说谎，他们本来就是有一腿"。梅花有些无语，却也没有更好的理由来反驳梅姨。

梅姨用"阿加莎666"的名字注册了个微博账号，把刚才的文字复制粘贴后发了出去。名字中的"阿加莎"这个好理解，梅花从大学时代便爱上了推理文学，除了阿加莎之外，还有松本清张、森村诚一等日本推理文学翘楚，他们的经典作品她都拜读过。没错，是经典作品而不是全部，梅花觉得全世界的好书太多了，所以要学会汲取每部成功作品的养分，而不是一味地搞个人崇拜。至于"666"，梅姨说是为了顺应当下时代的流行词,可梅花总觉得"阿加莎"和"666"根本不在一个频道,未来的自己到底是有多不靠谱……

梅姨再次冷眼看向梅花,说道:"打住打住!"梅花不敢多想,谁让她和那个梅姨之间有这么奇怪的感应,她想什么都逃不过梅姨的眼睛。

梅花暗想:人哪,想有点秘密是真难,天知地知,现在连梅姨也知,唉!

"怎么还是没有反应?"梅小妹看着点击量,扯下来一口果丹皮,说道,"这里一直是零。"梅小妹指着电脑屏幕上留言区的位置。

"是你写的不行吧?"梅姨对梅花说道。

梅花如一只遭了电击的刺猬,说道:"我写的不行?这都这样了,还是我写的吗?"

梅姨倒很淡定,说道:"哎,有留言了!"

三个人齐刷刷看向屏幕,梅姨用鼠标点开"您有一条新的留言"提示,只见留言写道:"标题党,内容一点都不刺激,没劲!差评!"

三个人一起往椅子上一摊,梅姨白了一眼屏幕,说道:"这个时代没文化的人还这么多!"

"那要不要再改一下?"梅花提议,与此同时,又有一条新的留言提醒,内容写道:"天哪!震惊,这不是我们学校的付建老师吗!这个女的好像也是我们学校的,视频内涵了啊,他俩这是什么意思……秒转!"

只见点击量短短几分钟内飙升至一万,三个人在屏幕前都乐开了花。

"梅姨,照这个传播速度,我们的目的很快就会达成了。"梅花盯着屏幕还在不断攀升的点击量,突然脑子里一个问题快速闪过,"糟了,忘了他们可以网络追踪到我们的IP,一旦有人追究,那么通过监控就能查到是谁在散播这条消息了。"

"有什么好担心的,我早在电脑上装了一个屏蔽程序,累死他们也查不到我们的。"梅姨慢条斯理地回答。

"你还会这种高难度操作?"梅花眼生羡慕。

"在我们那个时代,爆发了异常的信息战争,隐私信息泄露得特别严重,谁不会点躲避追踪的技巧,有一段时间每个人都像透明人一样,后来我们每个公民都独创自己的信号屏障程序,躲避高难度的追踪定位程序比这复杂上百万倍,所以这个对我来说太轻而易举了。"梅姨轻描淡写地讲述,收获了梅花崇拜的眼神。

"那为什么不直接在家用我的笔记本电脑呢?"

"就你那个卖了都要倒找钱的'砖头'还不够费事的呢,况且你家有网络吗?"

面对梅姨的质问,梅花突然想起自己早就穷得断网了。

"那我们接下来做什么?"梅花追问。

梅姨看着网络点击量不断创新高，饶有兴致地轻拍着桌面，说道："接下来去买信纸！"说完梅姨又点开电脑程序版面，输入了一连串复杂的字符，最后轻敲一下回车键，只见整个网吧的监控摄像头突然发出警报，网管手忙脚乱地处理着突如其来的异常，点开监控后台却惊奇地发现所有的监控录像都被洗掉了。

此时，没人注意到有三个人的位置已经空了，梅花和梅小妹在梅姨的指挥下早已悄悄离开了网吧……

7
匿名信

"离婚！"付建老婆气愤地将信甩到付建脸上，付建坐在家里客厅的沙发上，捡起妻子扔过来的信，信的内容看得付建鬓角的银发越发明显的抖动。

"一派胡言！"付建生气地将信纸又扔到了地板上。当然，他心里比谁都清楚，信的内容如假包换，他只是强撑着死不认账罢了。同时，他脑子里也把和自己有过节的人挨个过着，到底是谁要这么整自己？之前网络上的舆论虽未直接点名指姓，但那视频和照片就是在暗指他和毛海蓉，现在信又寄到了他老婆手里，这是要整垮自己的意思，到底是哪个冤家干的？

付建的思虑还没结束，他老婆倒是镇静了下来，说道："你以为我不知道你在外面那些脏事儿吗？一个又一个的，我都嫌你脏，你们影视圈的人，干净的不多！你就别再挂着牌坊当婊子了，还为人师表，我呸！"

付建强压制着怒火，如果不是因为老婆娘家的后台势力太强大，他早就甩脸子走人了，他老婆的亲兄弟们都是部队军衔，没一个惹得起的。不过，当初付建也是因为对方这样的身份背景，才娶了眼前这个他不爱的女人，农村出身的他想要在大城市立足，没点背景根本爬不上去。或许在付建的价值观里，一切都可以牺牲，但是自己必须出人头地。现在虽和他设定的学院院长目标还差很远，但是他也还算满意。可眼下这档子事儿到底该如何解决，他还没盘算好，但他清楚，无论如何都得先把眼前这个女人安抚了。

"我是不会离婚的，你想都别想了！"付建对付女人非常有一套，他太清楚女人们喜欢听什么了。

一听这话，付建老婆软了下来，她以为这是男人真爱一个女人的表达，但看见那封信依旧怒气难消，说道："信上提到的那个女人，我是不会放过的！"

听到这话，付建悬着的心放下来一半了，他知道这是老婆对他缓和松口的表现，至于毛海蓉，这些年他玩的女人太多了，不差这一个，同时他也料定毛海蓉是不敢把事情抖出去的，她在这方面还是个"懂事""聪明"的人。

"还有，你必须得辞职。"老婆进一步提出要求。对于这个要求，付建有些不高兴了，自己辛苦经营多年的成果因为这么件事儿就要毁于一旦，那可实在不甘心，不过眼下还是先稳住她，以防节外生枝，到时候再用点手段，让小舅子们托关系安排下，没准以自己的资历还可以越级晋升呢！

很快，付建答应了老婆的提议，当天在老婆的带领下，去学校辞了职。同时，晚上就约了官衔最大的大舅子出来吃晚饭。

几番寒暄后，付建说出了自己早已虎视眈眈的某音乐学院院长的职位，从副主任到院长，这笔买卖可真够值的。而付建老婆看在老公这么听话，任由自己胡闹的分上，心里也是很过意不去的，所以在"院长"一事上，也是极力促成。

饭桌上，付建的大舅子叼着雪茄，拨通了几个电话，"院长"一事便已安排妥当，他说道："明天他们就给下聘任书，正好这个老院长退休在即，对于新的人选争抢推荐名额太多，一时也不好定下来。不过我跟上面打了招呼，直接空降。但是你可要有个心理准备，这种直接空降过去的，工作可不好干啊！"

大舅子意味深长地吐了口雪茄烟并叮嘱着付建，付建哪还有心情去想这么多，心里早就乐开了花。不过，他心里也惦记着这次挖空心思要置他于死地的人，那封匿名信是个孩子的笔迹，很明显对方故意遮掩，而且这次来者不善，看起来没那么好对付，即便找到指纹痕迹，自己也不是警察局的，无法逐一对比排查，很难找出背后的人。所以目前来看，想揪出这个人最好还是从源头找起，没错，那个网络微博账号，就从这里下手。

"对了，大舅子，你认不认识一些电脑网络高手？就是可以追踪网络定位的那种高手?"付建怕老婆起疑心,补充道,"哦,是这样,我的工作室最近接了个关于网络黑客的电影项目,正在策划相关影视剧拍摄,想请一些专家来给我们指导指导。"

付建的理由无懈可击,大舅子也应承下来帮他找人。付建的心里涌过一股杀气,等抓出这个幕后推手,有他好看的!付建在大舅子吐出的雪茄烟雾中,露出满意的笑容。

8
谣言四起

在公共教室里，同学们都在各自忙着准备一会儿的大课作业，毛海蓉坐在后面座位上转着笔，心思却完全不在这里。

自从付建辞职后，毛海蓉在学校里一直被人指指点点，她恨得牙痒痒，到底是谁在背后整她？更可气的是，付建那个老东西真的辞职走人了，那自己在这个学校接下来该怎么办？当初要不是靠着付建的关系，偷偷给自己搞出来试题，自己怎么可能上得了这个专业的研究生？平时的作业也都是付建亲自指导下完成的，要她自己来，她哪搞得定！眼看面临毕业大关口，肯定要玩完了！要不……还是再去付建那里探探口风，他这个人老谋深算，这招说不定是为了应付网上的舆论，可能过几天他又悄悄回来了。

毛海蓉思量再三，决定下课就去找付建。于是她给付建发信息约见面：下课我去找你，老地方见！

信息半天没有回应，突然，教室的门被一脚踹开了，只见一个身材发福的中年妇女横着走了进来，身后还跟着几个壮汉。

"谁是毛海蓉!"其中一个壮汉踹了一脚桌子大声喊道。

毛海蓉一见这架势哪里还敢吱声,正焦急地寻思怎么能从后门悄无声息地溜走。这时一个声音突然从远处传来:"带粉色蝴蝶结,倒数第三排最左边那个!"毛海蓉瞄了一眼,这节是大课,所以教室里也有很多上进修班的人来蹭课,她根本分辨不出是谁的声音。

可眼见情势明显不对头,这时她也顾不上形象了,挎起书包就要往外跑,忽地被一只大手一个猛子拽了回来,只见另一个彪形大汉三步并作两步地跑过来逮住她。中年妇女缓缓地走上来,直接就是一嘴巴,毛海蓉疼得直捂脸龇牙。中年妇女拿着手机质问毛海蓉:"你要跟我老公在哪儿见啊!小婊子!"

"你是谁啊,我根本就不认识你!"毛海蓉心虚,也许之前她确实摸不清对方来路,但当女人一拿出手机,她立刻认出这就是付建的手机,那么眼前这个女人一定是付建的老婆了。

"你们敢公然在学校打人,还有没有天理了,大家快点报警啊!"毛海蓉撒泼地喊着。

"天理?你勾引别人老公的时候怎么不想想天理,今天我就让你知道当婊子的下场!"付建老婆拿出手机直接拨通了报警电话,"喂,我要报警,有人卖淫……证据?证据我有,视频为证,地点在×宾馆……"挂上电话后,付建老婆一脸横肉地瞪着毛海蓉,说道:"今天让你的同学们都知道你这婊子的真面目!"

其实当毛海蓉听到×宾馆的时候,她就知道对方手里的"证据"是真的,因为她真的去过那里,还经常拍下视频坑骗那些男人钱财,只是没想到视频会落到这个女人的手里。她挤眉弄眼地对"关系好的同班同学们"传递信号,但那些人都不约而同地低下了头,大家心里都再清楚不过了,付建走了,谁还用再被她当下人一样呼来喝去,这种日子大家早就受够了,之前要不是看在导师付建的面子上,大家想顺利混过毕业,谁还会去搭理她?况且眼前这些人一看就不好惹,谁也不会傻到在这个时候替她这么个人出头。

毛海蓉这下总算明白自己已是孤立无援了,只好认栽了,她想:等改天再见到付建一定要把这笔账讨回来。突然之间,毛海蓉还来不及躲闪,就又被抽了一个嘴巴,付建老婆明显很解气,毛海蓉被打得耳朵一阵嗡鸣,隐约听见从某个角落传来笑声,她狠狠地撇过头试图寻找声音来源,看见梅花坐在那边,但梅花明显没有笑意,反而是一脸神情凝重。

还没进校园时,毛海蓉心里就已经和梅花结了仇。原本第一年毛海蓉也和梅花一样报考了这个专业,但成绩离招生分数线实在差得太远,即便这样,付建当时也是悄悄帮她办妥了,把原本入围的最后一名替换成了她。结果这件事被院长发现,院长私下找付建严肃地谈了话,并警告他学校里已经有人盯着这种暗箱操作行为,对方在暗处到处收集着证据,如果不处理好，一旦闹大对学校声誉也是影响很严重的，付建为了自保，索性提议，以招生名额超出为由把分数线提高一个档，这样自然而然地刷掉最后一名也不会露出破绽。最终结果也的确按照付建的提议这么显示的，那个被替换掉的最后一名便是梅花。所以，毛海蓉一直一厢情愿地认为那个把自己拉下水的人就是梅花，即便第二年她们都进了这所学校，毛海蓉还是把梅花视为眼中钉。

就在这时，付建老婆刚要把毛海蓉的视频放给同学们看，梅花突然站了起来，目光极其冷峻，说道："你不可以在这里播，这里是校园，是课堂，我们的老师马上就要来上课了，请你们不要扰乱课堂秩序！"

对于梅花的临危不惧，所有人都很惊诧，自己本班的那几个同学更是用异样的目光看向梅花，然后悄悄用小号微信群交流着。

A 同学："她是脑子进水了吗？她俩不是有仇吗？"

B 同学："灌铅了！"

C 同学："谁也没想到她会替毛海蓉出头说话，还是在这种时候，说她不知天高地厚都是抬举她。"

D 同学："我挺佩服她的，不是反语。"

D 同学在群里留完最后一条文字信息，群里就沉默了。

与此同时，面对虎视眈眈走过来的彪形大汉，梅花面不改色，这时一个男老师推开了门，"哟，嫂子啊，您怎么在这儿？来找我的吗？"

付建老婆一看是付建之前提过的，和他有竞争关系的那个同事，平时学校里的这些领导聚餐，这个人总是话里话外地讲付建的不是，拿付建解闷逗乐，而付建老婆又是个爱面子的人，自然不愿意在这样的人面前丢了份儿，所以事情就这么草草地收了尾。

他们离开后，男老师继续上课，同学们悄悄议论开了这段八卦，说到毛海蓉，大家朝她之前的位置看过去，发现她早已不见了踪影。

9
不忍

下课后，梅花和梅姨走在校园里，梅花一直神色凝重，梅姨则笑得前仰后合的，实在看不出她是一个四十多岁的女人，那样子倒像宫崎骏电影里戴着红发卡骑着扫把的调皮小魔女。

"刚才在课堂上，你为什么要告诉那伙人谁是毛海蓉？"梅花明显很不悦。

梅姨笑着的嘴快咧到耳朵根了，说道："呵呵……为了给你报仇啊，那场面多过瘾哪！哎，还没说你呢，你刚才为什么替她说话，又犯傻了吧？"

"付建老婆手里那视频是你做的吧？"梅花质问梅姨。

"哎呀，你变聪明了啊，是我呀！那天在超市上班，正好碰见毛海蓉跟一个陌生男人伸手要钱，还扬言如果不给钱，就把他们之前在×宾馆的视频发给他老婆，那男人一听就厌了，当场给了钱，毛海蓉得逞走人。我看到那一幕，就趁她不注意把她手机顺了过来，把视频发到了我自己的邮箱里，并且把她手机里那些视频全部清空，做得不留痕迹。随后我把手机送到了失物招领处，工作人员广播完不到五分钟，她就去那儿领回了手机，这也算是给付建老婆的又一份大礼吧！"

"我不喜欢这种方式，你不看看刚才那些都是什么人，下手一旦重一点，后果不堪设想啊！"

"你就是太心慈手软了！"梅姨有些不高兴了。

"梅姨，我知道你是想着报仇，可是我们跟她之间只是小过节，不至于要危及生命安全，我觉得这样真的不好。况且我们之前已经让梅小妹抄写了一封给付建老婆的匿名信，网上舆论也炸开了锅，付建确实是以权谋私，但他也得到了应有的惩罚，离开了学校，毛海蓉现在已经孤立无援，这已是得到了教训，我们不要把事情做得太绝了。"

"小过节？他们都差点把你逼死了，这还是小过节？逼死你就是逼死我，这是千载难逢的报仇机会，还不往死里整她？"梅姨的情绪开始激动起来。

"你不是说我的问题是时空漏洞造成的吗？再说……那也不能怪别人，的确是我自己想不开，不能怪别人的，是我自己的问题……"梅花神色黯淡，说话声音越发的小了，甚至好像有些哭腔了。

看到梅花快哭了的样子，梅姨有些不忍，在心里责怪自己刚才说话语气太重了，说道："好了，好了，好了，你就是我，我就是你，你身上也不止你一个人的仇，唉……算了，咱不说这些了好不好？梅小妹还在家等着我们呢！这小屁孩指不定又会闯什么祸呢。"

"已经闯了,上午把盘子摔掉了一个角,中午把卫生间的水龙头拧得直喷水,几个小时前马桶还被她用墨汁染成了黑色。"梅花回应道。

梅姨震惊了,说道:"天哪!她可真够忙的!"

"不对啊,你不知道吗?你的记忆里没有接收到关于她的行为更新吗?"

"我跟她来自不同的时空,到了你的这个时空里,我只能接收到关于你的信息更新,对于她的,我脑子里始终都是过去的记忆,估计只有等我回到我的时空后,才会有更新吧!"梅姨拗口地解释着梅花的疑问。

"梅姨"梅花严肃认真地拉过梅姨的胳膊,"其实我特别感激上苍给了我生命的延续,自从你和梅小妹出现,我感受到了原来真的有人在真心地关心我,这对我来说死而无憾了。我虽然也不喜欢伤害过我的那些人,但是怨恨和惩罚要适可而止,我不希望因为我们的过分越界而对他们造成过度的伤害,那样我和他们那些人还有什么区别?我宁愿因为生活揭不开锅也绝不屈服于烂俗,我也宁愿有志气、高傲地去死,也绝不愿肮脏的苟且于人世,你明白吗,梅姨?"

梅姨沉默片刻,说道:"那你答应我,不许再提死。"梅姨对梅花也提出了善意的要求。

"嗯,我答应你,我会尽量试着去找到能支撑我活下去的平衡点。"

梅姨拨弄了下梅花有些凌乱的头发，说道："走吧，回家接梅小妹去！"

梅花笑着点头。

"哎？接她？咱们出去吗？"

"是啊，红姨约我们去她家吃饭，做了你最爱吃的酸汤水饺……"

夕阳下，一抹余晖暖暖地打在二人的背影上，从某一束光线看下去，真的很难分辨出到底谁才是谁的未来……

10
新来的老师

　　清晨六点多,梅花还没睡醒,一阵急促的电话铃声响起。梅花没什么交际手腕,交际圈自然很小,平时也很少会有人主动联络她。这么早会是谁啊?梅花看了一眼屏幕已多处破损的二手手机,是一个陌生号码,心里嘀咕着诈骗人员现在都这么早上班了,真够拼的。由于接听是免费的,梅花还是接了起来。

　　"喂……"

　　"梅花吗?"是一个完全陌生的男中音。

　　"早起的鸟儿有食吃,你们辛苦了。"梅花闭着眼睛迷迷糊糊地念叨着。

　　"我是你的新导师,穆枫,今天七点半在三号楼402教室集合。"

　　"为什么那么晚啊?"梅花依旧迷糊着。

　　"我说的是早上七点半。"对方声音有些严肃了。

　　梅花突然感觉到有哪不太对,猛地睁开眼,一下子坐了起来，仔细看了看手机，已经六点四十了。

"啊……啊？新导师？哎呀……抱歉抱歉，你叫啥来着？哦，对，木头？木老师……"

"我叫穆枫，请你准时到。"说完对方便挂断了电话。

现在是早高峰，到学校怎么也得一个小时吧，想到这儿，梅花扑腾着掀了被子，被子里的梅小妹露出脑袋，睡眼惺忪地看着一团慌乱的梅花，说道："你也尿床了吗？别害怕，我也经常……"还没说完梅小妹又开始打上呼噜了。

梅花紧赶慢赶还是迟到了十分钟，连衣服扣子系错了也没注意到。出了电梯，她慌慌张张地冲进402教室，班里其他同学都到了，连毛海蓉也来了。老师的模样都没看清楚，梅花就一边低头道歉一边四下寻找后排位置准备坐下。

"梅花！"

梅花被这突如其来的点名叫住了，停下脚步。

"啊……是的，对不起，老师，我住得比较远，您通知我也比较晚，我实在来不及……"

"你的意思是在怪我吗？"男导师声音很严肃。

梅花瞬间屏住呼吸，她这猪脑子刚才到底都说了些什么啊？这言外之意不就是在责怪老师吗？天哪！梅花一直低头支支吾吾的，大夏天额头却直冒冷汗，给新来的导师留下了这么不好的印象，自己以后的日子真是没指望了。

10 新来的老师

"放松点,找个地方坐吧。"听这语气,老师很明显是放过了梅花。

梅花灰溜溜地找了个后边的位置坐下,卸下书包,这才抬头看清楚这位新导师的模样。好帅气啊!三十多岁的年纪,白皙的脸上略带桃色,浓眉大眼显得严肃又正派,短寸头也不突兀,上身穿白色衬衫,下身一条黑格子九分西裤,搭配非常得体。梅花有些恍惚,就这模样还来当什么老师,在影视圈不得俘获无数女粉丝啊!

"今天叫大家来,除了跟大家相互认识,还有一件非常重要的事,麦斯节要开始了,我们系这次作为学校主力军,是一定要代表参加的,但名额有限,有想申请参加的同学需要将作品交给我的助教,汇总后我来审核。"穆枫正说着,一个男生推门进来了。

怎么是他!梅花差点惊呼出声。这人不是别人,正是她的前男友,楚森。

"他就是我的助教,楚森。"穆枫给同学们介绍着,"由于我是新分配到学校来的,学校为了帮助我尽快熟悉环境,给我委派了助教楚森。关于麦斯节的申请有什么不明白的,都可以找他。我要说的是,对于想参加的同学,要在三天内,交上来三万字以上的成熟剧本。"

虽然是小教室,但梅花依然能听到哀号一片。

其中一个同学举手发问,说道:"老师,那可以用以前参加过实践作业的作品吗?"

"这个问题非常好,但凡是以前参加过奖项的,无论入围或者没入围的作品都不可以参加这次活动,实践作业的作品也一样不行。"

"天哪!三万字,还得是成熟的剧本……"

"这是要死人的节奏啊!"

"放弃了……"

教室内,同学们的讨论声不绝于耳。

只听穆枫一句,"下课,三天后见!"说完便潇洒地走出了教室。

同学们也陆续拿起书包奔着图书馆走去,梅花对于这件事倒是很淡定,或许说她是习惯了自己的"不抱希望"。她刚想拿起书包离开教室,楚森迎了上来。

"好久不见。"楚森和梅花打着招呼。

"真希望不见。"梅花冷冷地说着,然后走出了教室。

"你会报名吗?"楚森追了上来。

"不会。"梅花很坚决。

"哦,那就好,我女朋友是负责这次大赛的工作人员,她要是看到你会不高兴的,我可不想惹她生气……"

梅花停下脚步,回头恶狠狠地瞪了一眼楚森,然后低声说出一个字:"滚!"

梅花黯然地出了校门，坐上了公交车，双眼满是泪水地看向窗外，天气很热，车窗都是敞开的，突然座位旁边坐下了一个人，给她递了一张纸巾，梅花连声感谢，但仔细定睛一看，旁边坐的不是别人，正是她的新导师穆枫。

"老师！"梅花脸上的泪珠还来不及全擦掉，吓得差点站起来给穆枫行礼。

"前面是转弯，注意安全。"穆枫用迷人的声音示意梅花在座位上坐好，梅花这才意识到自己的失态，赶紧坐下来。

由于失态，梅花自然是显得很尴尬，心里正纠结着说什么才能打破这种奇怪的氛围，就在这时，穆枫先开了口。

"你没去图书馆？"说话期间，穆枫一直淡定看向前面。

"啊？去什么图书馆啊？"梅花有些晕乎不清，边说还边擦着刚才的眼泪。

穆枫用眼神轻轻扫了一眼梅花，说道："麦斯节往届入围资料只有学校图书馆才能查到，你是不准备交那三万字了吗？"

梅花幡然醒悟，心想：对啊，这个时候同学们肯定都去图书馆查阅麦斯节参赛的相关内容和往届入围作品去了，就算不想参加怎么也得装装样子吧，这可是新来的导师啊，哪怕交个半成品也是在向新导师表示自己对导师的礼貌尊重，可是自己在这个时候出现在公交车上，这不摆明了不把新导师放在眼里吗？

梅花心里暗暗咒骂自己真是驴脑子，现在真是覆水难收啊！看来在这个新导师面前自己也还是一样没好果子吃，唉，毕业又是遥遥无期了……

"你……也没个解释吗？"穆枫边说边微笑着看向梅花，此时梅花睫毛上还挂着几滴小泪珠，阳光下显得甚是晶莹剔透。

被导师这么一问，梅花吓得连连否认，说道："不不不……不是……是这样的，刚才我被楚森刺激了几句，一生气就没了理智，心里就想着回家，所以才不自觉地上了公交车，忘了该去查资料的事了，老师，我真是事出有因……"一连串的解释一涌而出，穆枫都被逗笑了。

"行了，刚才我都看见了。"穆枫又看向了前面，嘴角还残留着一抹笑意。

他说他看见了……他的意思是说他看见刚才楚森那样对自己？那他现在也出现在公交车上，是特意追上来看自己的？是这个意思吗？想到这儿，梅花突然觉得自己太自恋太不靠谱了，然后脑袋使劲儿往窗边上一顶，试图通过这个动作顶掉刚才的胡思乱想。

"你家也在这个方向？"穆枫问着。

梅花恍然大悟，心想：这就对了，他上车是因为他家在这个方向，果然刚才是自己胡思乱想了。"啊，对，要到终点站。"梅花回答。

"吃饭了吗?"穆枫问着。

"啊,没……没吃。"梅花有些吞吐,她也不太敢再往下接话,但她突然想到,导师提这个话是不是让自己请他吃个饭的意思啊?作为学生跟导师这样拉近关系,吃饭的确是一个桥梁,很多同学也经常找机会主动跟导师聚餐,可是眼下,自己除了梅姨刚给续的公交卡,身上真是没有一分钱,这个节骨眼,导师要是说他也没吃,那自己可咋接啊?

"我也没吃。"穆枫回答,梅花想真是怕啥来啥,要不自己就装情商低,听不懂好了。

"哦……是吗?那真是好巧啊!"梅花说完都想抽自己一嘴巴,甚至都有了赶紧退学的念头。

"我请你吃饭吧,我们在这里下车。"说完穆枫站了起来,公交车里传来广播某站到站的声音。

这戏剧性的反转让梅花还没反应过来,但眼看着穆枫准备下车,梅花也一脸蒙地跟了下去。

他们一前一后,来到了一间很小的店面,店面的装修风格是木质中式风,看起来很养心。穆枫选了个靠窗的位置坐下,梅花跟着坐到了他对面。店里四十多岁的老板娘一脸富态,笑意盈盈地出来招待他们。

"这家的酸汤水饺很好吃,老板娘给我们来两碗……"同时穆枫还点了几个店里的招牌小吃,通过对话可以看出他和这家店的老板娘很熟悉，老板娘也时不时偷瞄着梅花。

梅花像个初出茅庐的小女孩，眼神一直四处游离。

"把书包放一边吧。"穆枫好心提醒道。

梅花才意识到自己后背还背着书包，她"哦"了一声就赶忙把书包放到旁边的长椅上。

这时，菜品都端上来了，二人便吃了起来。开始梅花还有些拘谨，但当看到酸汤水饺时，什么拘谨都抛到九霄云外去了。看着梅花吃得特别香，穆枫都被逗乐了，听到笑声梅花不好意思地抹抹嘴，回应了一个憨笑。

"你为什么不想参赛？"穆枫问得直接干脆，梅花刚起来的食欲差点又被吓回去，这个怕老师的毛病看来一时半会儿很难改掉了。

梅花心想：穆枫看起来是个聪明人，既然他问得这么直接，自己也没什么好遮掩的了。于是她说道："不是不想，是习惯了。"

说到这儿，梅花的眼神里倒多了一份淡然，说道："以前有什么好事儿从来没落到我头上过，很多次的申请都被无视了，慢慢地我也不想再去碰这个冷钉子了，有点心灰意冷吧。"

穆枫面对梅花的坦率，倒是看起来有心理准备，他说道："我希望三天后能看到你的作品交上来。"

"我的？我没听错吧？"梅花举着刚夹起的水饺，不敢置信地看向穆枫。

"你不想?"穆枫质问。

"啊,不不不,想,想!三天,就三天!"梅花心里真是乐开了花,三万字在三天内完成,对别人来讲,那比登天还难,况且还是要成熟作品。可是她从小就酷爱文学写作,那时候没有母亲,父亲也成天不着家,所以她养成了写作的习惯。在写作的世界里她畅游无阻,她可以给自己勾勒出最温馨的家园、最好的父母、爱自己的兄弟姐妹、对自己好的老师同学等,在她还是梅小妹那个年纪的时候就开始练习写作,直到后来有了电脑,她最猛的纪录曾达到过日写七万字,所以眼下的三万字对她来说根本不是坎儿。在付建还是她导师那会儿,她也写了不少作品,只是这些作品还没有机会面世,就都被无情驳回了。

"一言为定。"穆枫微笑着看向梅花,她能感觉到这笑容里没有恶意,梅花心里想:也许这次这个导师跟学校里的其他人不太一样吧,她希望是这样的。但穆枫的眼神里却流露出一丝耐人寻味,似乎在隐忍当中还透着一些掩饰不住的喜悦。梅花摇摇脑袋觉得自己又想多了,继续吃起了美味的酸汤水饺。

11
不是他

到家时已是午后，天气闷热得很。梅花扔下书包摊在床上，早上起得太早，再加上炎热让她不禁犯困，昏昏欲睡。突然，她感觉身上多了什么东西，梅花微微睁开双眼，一张古灵精怪的小脸出现在眼前，是梅小妹在给她盖毛巾被子。身边有人关心的感觉真好。梅花就这么甜甜地笑着昏睡了过去。

一觉醒来已是傍晚，太阳都快下山了，梅花只觉得一阵寒意逼来，扯着被子角往上拉了拉，恍惚间睁开眼睛时，只见对面坐着一个人，正冷冷地看着自己。梅花吓得打了个冷战，立刻清醒了，那人不是别人，正是梅姨。

"梅姨，你吓死我了！"梅花一只手扶着床板坐起身，另一只手安抚着自己受惊的小心脏。

"不是他。"梅姨冷冷地说道。

"什么不是他？"梅花根本不懂梅姨在说什么。

"今天这个和你吃饭的男人，你未来的伴侣并不是他。"梅姨解释得清楚明白。

11　不是他

"穆枫？你可不要误会，他只是我的导师。"梅花赶紧撇清和穆枫的关系，她感觉梅姨有点多虑了。对于穆枫，梅花只是觉得他和之前的导师付建是完全不同的类型，是穆枫让她对这所失望已久的学校燃起了一丝希望和憧憬。

"不过梅姨，我未来的伴侣是谁啊？"

面对梅花突如其来的好奇，梅姨颇为淡定地喝了口水，说道："是阿强。"

"阿强？他长什么样子啊？我是在哪里遇到他的？"梅花来了劲儿。

"在一个垃圾堆旁边。"梅姨又喝了一口水。

"啊？那也太不浪漫了……"梅花边说边起床走到梅姨身边，拿着杯子也喝了口水。

"阿强是只猫。"梅姨说完，梅花水还没咽下去，当时就喷了梅姨一身。

梅姨气得直瞪梅花，梅花还在追问为什么是只猫，难道自己一直是单身吗？梅姨没心情回答她，无情地甩开梅花纠缠自己的手，径直到卫生间去换衣服了。

这时，梅小妹灰头土脸地从厨房里跑了出来，梅花见状大惊，问道："怎么了这是？"

梅小妹说自己正在挖密室，谁知刚挖了一半儿看见一条大虫子，给她吓得就跑出来了。

密室？挖到一半儿？梅花赶紧跑到厨房，只见厨房的地面已经被挖了一个大坑，梅花顿感脑袋充血，扶着墙缓慢地走了出来。

"小祖宗啊！你未来是要当作家的，咋地，这换了个时空还准备改行了？探险家这个职业不适合你啊？姐真跟你折腾不起啊……"梅花欲哭无泪，只感觉胸口一阵憋闷，"你好好地挖它干啥啊？这是四楼，你再挖就挖到楼下了，咋这么勤快呢？谁给你的灵感呢？"

"是梅姨说她以前在密室，密室特别好玩，就在地底下，所以我才想着看看地底下的密室到底长什么样，就挖了……"梅小妹也感觉自己可能又闯祸了，越说声音越小。

这时梅姨换完衣服从卫生间出来了。

"梅姨，快，这是你种下的祸根。"梅花捂着太阳穴，拽着梅姨让她看厨房，梅姨眼神冷冷地一扫，梅花这才想起刚才惹梅姨生气喷她一身水的事，看来梅姨还没消气。

但梅姨还是看了一眼厨房，随后转头对梅小妹说了一句："干得漂亮！"梅小妹眼睛顿时放亮，小嘴咧开笑了。

梅花只觉得一阵头疼，心想：这就是我的过去和未来吗？这……也忒可怕了……

三个人合力把密室的大坑填上了，收拾完残局，梅小妹和梅姨已经洗完澡休息了，梅花坐在书桌旁，开着夜灯开始了她承诺导师穆枫的"三万字"。

　　梅花当然很清楚,这次是一个难得的好机会,关于学校的影展片子,其实她早已烂熟于心,对于有才华的人来讲,缺的只是机遇,所以,倘若想借由这次机遇脱颖而出,那么在选题上就不能草率。在国家大环境规定范围内,剧本创作不能越界踩线,既不能太过普通也不能太过出挑,还得是自己能深入浅出,讲得明白透彻的主题,思考了片刻,脑子有点堵塞。

　　当她回头看到正酣睡的梅小妹和梅姨时,梅花脑子里有了灵感:我为什么而活着?这是梅花以前从不敢碰触的话题,因为她从小便没了母亲,跟着好赌嗜酒的父亲在冰冷的屋子里没有感受过一天温暖,她很多时候都是处于情感麻木的状态,即便心里充满了爱,也没有地方能让她释放这份爱。

　　曾几何时,她的生命对周围人来讲,早就可有可无,亲情、事业、理想、爱情都熄灭的时候,梅花不知道自己活着还有什么意义。可当梅小妹和梅姨出现在梅花身边后,梅花的世界渐渐充满了色彩,从梅姨和梅小妹的眼神里,梅花能感觉到自己变得很重要,尽管她们是不同时空的自己,但当她们处于同一时空时,她们就像梅花的家人,用一种家的温暖、重视和关怀把梅花从绝望边缘拉了回来。

　　现在一切都开始变得有趣,她似乎不再那么想死,她能感受到花鸟鱼虫,能感受到微风拂过的舒适,能感受到烈日炙烤下的汗珠,也能感受到大雨倾盆的酣畅淋漓,她能感受到以前早已麻木得感受不到的事物。这是因为此刻有人会在乎她的感受,有人懂她的想法,有人希望她好好地活下去,这就是她现在还能活生生坐在这里,为难得的新机会努力奋斗的原因吧。也许,自己真的可以尝试着不再麻木地活着了,对吧?

梅花脑子里闪过很多感慨,想好了对着电脑开始打字,没错,就是这个主题,"我为什么而活着?"

12
《雨夜传》

课堂上，梅花如约上交了自己的剧作作品，同时交上来的还有班里其他五个人，其中也包括毛海蓉。梅花心里暗自感叹，七个人当中只有一个人放弃，毕竟都是从全国一流影视学院选拔出来的硕士高才生，明明前几天还都在抓狂叹气，今天也都如约交上来了三万字，以这些人的实力，就算是糊弄，作品质量也会比普通写手强千百倍。

导师穆枫从助教楚森手里接过打印的纸质版剧作作品，至于为什么是纸质版而不是电子版，这是因为电子版太过便捷，一些居心不良的懒人会直接复制纸质版的内容抄袭，这是完全违背这个行业职业操守的。剧作系就曾出现过这类剧本剽窃事件，课堂上大家把剧本发到班级群里，结果有的学生就动起了歪脑筋，把某个同学的创意稍加改动变成了自己的作品，还申请了版权，被抄袭的同学发现后告知导师，其导师知道此事后非常生气，所以当时抄袭者直接被逐出师门，后上报学校，学校也是绝不姑息这类可耻行为，将其开除学籍。所以，从那以后系里也有个不成文的规矩，就是剧作系的初稿都只上交纸质版，当导师在系里备案后，合格的作品才要上交电子版。

穆枫站在讲台上随便翻了翻这几个交上来的作品，直接对下面的同学说："梅花明天上交电子版。"同学们都惊诧不已，这无外乎直接肯定了梅花的作品，梅花也是一脸讶异，这幸福来得也太突然了吧？

与此同时，穆枫又继续说道："毛海蓉，你的作品涉及抄袭，还想参加麦斯节的话，一天内改好交上来。"

同学们又是一片讶异的目光齐刷刷地看向毛海蓉。抄袭？这可是剧作系的大忌！之前就知道这毛海蓉胆子大，但这抄袭何止是胆子大，简直就是在拿自己的前途做赌注，难道她不想在这个行业里混了吗？

听到同学们窃窃私语，毛海蓉非常不高兴，她当然知道抄袭在这个行业里的严重性。她猛地站起身，说道："你凭什么说我抄袭！我没有！"发狠的眼神似要撕了穆枫一般，这眼神在上次她被付建老婆当众羞辱时也出现过。

穆枫低着头，唇角露出淡定的微笑，说道："《雨夜传》。"穆枫轻轻地吐出这三个字。同学们都一头雾水，没人知道他说的是什么意思。但此时，毛海蓉的气势瞬间弱了下去，《雨夜传》是个不起眼的小剧本，是之前付建给她找的边角料，所谓边角料小剧本是一些社会上的写手投稿到影视公司但没被采纳的作品。这些作品被影视公司留存以备日后需要选题时用，只要稍加改动便可使用，这种做法几乎是影视行业不必明说的潜规则，很多新手都这样付出了劳动力却还得不到酬劳，因为他们在行业内没有靠山，没人会为他们出头，真是有苦难言，梅花也吃过这样的亏，那时候真是又气又恼。毛海蓉心虚，穆枫怎么会知道她抄袭的正是《雨夜传》，难不成这是他写的？不会吧，这个创作水平和穆枫这种导师级别的根本不是一个level啊！

正当毛海蓉想不明白时，穆枫开了口，说道："这是我以前一个学生的作品，我亲自指导的，也是我鼓励他去投稿的，可是他还没等到消息，因为重度抑郁症，人就不在了。"

毛海蓉这下明白自己是撞枪口上了，眼下这情况她也不知道自己该怎么圆场，反正穆枫说了一天内改好，看他也没有要难为自己的意思，想到这里毛海蓉心一横，索性就当什么事都没发生过，淡定地坐下了。身边的同学露出厌恶鄙视的眼神，她也置之不理。

梅花听到这里，心里不禁感慨万分，又一个放弃生命的人，她曾经也活在这样的绝望当中，如果当时不是那两个天外来客——梅姨和梅小妹及时出现，那么现在自己是不是也是别人口中的一声叹息呢？不对，自己并没有这个人这么幸运，他毕竟还有穆枫这样为他感到惋惜的导师，而自己呢？连个为自己叹息的人都没有吧。想到这里，梅花又陷入无尽的落寞和失望当中。

"梅花！"梅花也不知什么时候下的课，也不知自己是怎么顺着人流走到食堂打起了饭，直到被这声"梅花"叫住后，自己才缓过神来。她转过头，看到是自己班里的其他同学，里面并没有毛海蓉。"一起吃吗？"其中一个男同学问道，看起来这些人好像很友好，梅花有些迟疑，确切地说是受宠若惊。

"哦……好啊！"梅花还是欣然接受了这份迟了两年的同学情。

坐下来后，同学们开始讨论起了导师穆枫。

"听说他是外调的，好像有很深的背景。"其中一个女同学扒着饭说。

"长得倒是挺帅，听说还没女朋友。"一个有点娘气的男同学说。

"哎哎哎，别动导师的歪脑筋，听说他冷酷严厉是出了名的，千万别惹他，小心你毕不了业。"另一个男同学警告着说。

冷酷严厉？梅花也不知什么原因，总觉得哪里对不上号，课堂上的穆枫确实是这样吧，可是那天他请她吃饭的时候，好像还挺温柔的……想到这里，梅花意识到自己跑偏了，赶紧晃了晃脑袋，制止了这种不着边际的胡思乱想。

"梅花，你和导师是什么关系？"终于，一个一直没开口的男生说话了，他说完后，梅花看到大家的反应，所有人都屏住呼吸，她明白了，原来大家绕了这么大个圈子的铺垫，都在等待这个问题。

"老师和学生的关系。"梅花简短回答。

"那你们之前认识吗?看他第一次课堂上就能直接点出你的名字,我们他连提都没提。"娘气的男生也开始发问。

"不认识。导师应该之前就看过我们的学籍资料吧,知道名字不奇怪,况且他之前不是电话通知我们来上课的事吗?估计那时候对每个人的声音都有一定的记忆。"梅花很诚实地说出自己的看法。

"什么电话?是助教通知的我们啊!"娘气的男生很惊讶地问梅花。

梅花听到这里也有些犯迷糊了,说道:"助教?楚森吗?"

"是啊,我也是助教通知的。"

"我也是,哎……"

大家七嘴八舌地议论着。

梅花似乎感觉到自己说了不该说的,为了制止这帮脑洞大开的剧作系才子们的无端揣测,所以她只好胡诌,说道:"哦,那是助教的声音啊,当时迷迷糊糊地没睡醒就接起了电话,我还以为是导师呢,原来是助教啊……"

梅花的这番话的确起了作用,大家心中的疑问似乎都解开了,开始讨论起麦斯节的话题。但梅花心里很清楚,楚森的声音她再熟悉不过了,那可是她的前男友,那天打电话的肯定不是他,确实是导师穆枫,可这穆枫为什么偏偏给她一个人打电话？这是某种特殊的待遇还是有什么别的原因呢？梅花想起之前和穆枫在公交车上的偶遇，还有那顿饭，穆枫确实对她的态度和对待别人不太一样，可到底是什么原因呢？难不成这是个色狼？不至于啊，要色也色不到梅花头上吧，他们这可是影视学院，美女如云，他穆枫仪表堂堂也不乏追求者，追他的人里随便挑一个都比梅花漂亮风韵。难道是同情弱者？哦对，穆枫之前讲过他的一个学生抑郁症逝世的事，他的惋惜清晰可见，估计是移情到了梅花身上，之前学校不是有谣言说梅花是抑郁症嘛，估计这穆枫就是因为这个，所以对梅花格外关注。一定是这样的，梅花心里笃定，因为除此之外她也找不到别的合理的解释了。

13
消失的感应

离麦斯节开幕的日子越来越近了，在穆枫的严格审核和指导下，他们班共有三个人的作品合格，并递交到系里五位评审老师手中，评审老师们审核通过后的作品才可以代表系里去参加麦斯节。

这三个人当中包括之前食堂聚餐时那名很娘气名叫康俊男的男生，康俊男擅长写科幻悬疑题材，在入校之前，他的作品在社会上就小有名气。入围的人中还有梅花，梅花的作品得到系里老师们的高度好评，梅花对故事的驾驭能力、节奏的把握、人物冲突设定等都拿捏得恰到好处。老师不禁感慨怎么之前不知道系里竟还有这样厉害的学生。最后一个入围的是毛海蓉，这让班里同学都很惊讶，之前的剧本说是修改不如说是必须重写。因为在剧作上的抄袭不是看文笔或某一段文字的重复，而是故事的雷同度，那么一旦涉及抄袭的作品就意味着重写，之前大家都不认为毛海蓉还有过审的可能，可她竟然突围了，在一天的时间内完成三万字的高质量作品，大家都在议论她毛海蓉是开挂了不成？

虽然毛海蓉对穆枫的解释是把之前写的作品拿出来重新修改了一遍，但关于这一点，毛海蓉心里再清楚不过了，这根本不是她写的。那天被穆枫断定为抄袭《雨夜传》的剧本后，她就去找付建了，和付建在宾馆床上翻云覆雨后，付建给了她一个新的剧本，算是为之前付建老婆对她刁难的弥补。有了《雨夜传》被抓包的先例，对剧本的来源毛海蓉当然不放心，付建听到这里笑了，笃定地告诉毛海蓉："你拿着这个剧本去参赛肯定能获一等奖，因为这个剧本是我写的。"听到这个作品付建亲自写的，毛海蓉悬着的心撂下了。而事实也如付建所说，剧本得到了老师们的认可，参赛的三个人里有她，这就是最好的证明。

麦斯节报名通道正式开启，一遍网上报名审核通过后，还要到现场进行身份认证。梅姨和梅小妹陪着梅花来到了现场，梅花填好现场报名表交到工作人员手上，梅小妹兴奋得不得了，说道："哦，太好了，梅花你拿奖的时候一定要带我来哦，我要跟你一起拿奖！"

"小傻瓜，谁说一定会获奖的呀？"梅花说到这里故意压低声音，"再说了，要真获奖了，我的不就是你的吗！"

"哇，太好啦，梅花会获奖，梅花拿第一……"梅小妹抑制不住内心的兴奋，手舞足蹈地蹦跳着，一个不小心踩到了别人,那人传来没好气的腔调,说道:"谁说你们家梅花会拿第一,就那种低级水准,我看是想得奖想疯了吧!"这人不是别人,正是毛海蓉。

"那也比陪老师睡觉的婊子高级。"梅姨站出来直怼毛海蓉,梅花想拦也拦不住。

"你说谁呢!"

"说婊子呢!"

"说谁婊子呢!"毛海蓉快气炸了。

"谁接话就说谁,被人家老婆抽嘴巴的时候怎么不敢吱声呢?"梅姨也不是善茬,虽然梅花一直拉着梅姨,但梅姨还是给毛海蓉惹得一顿发飙,还好很快被周围的工作人员制止了,要不然看这架势她俩都能动手,毛海蓉气愤地跺着脚离开。

梅花也准备拉着梅姨离开,回头不见了梅小妹,突然听见一个小女孩的尖叫声,梅花望过去,只见穆枫也站在那里,而梅小妹就在他的对面,抱着头吓破了胆一样。梅花和梅姨紧张地赶紧跑过去,梅花猜测是刚才梅姨和毛海蓉吵架的情形吓坏了小孩子,一边安慰梅小妹,一边试图抱起她往外走。

穆枫见状也来帮忙,说道:"这是你的孩子?"穆枫问梅花。对学校的研究生来讲,多数都是成年人,甚至很多是工作后又回来继续深造的,所以结婚生子的都是正常现象。

"啊，不是，她是我妹妹，刚才可能受到惊吓了。"梅花解释。

穆枫看向梅姨，再看看梅花和梅小妹，似乎若有所思。的确，对于外人来讲，他们三个长得很像，说是一家人是完全没有破绽的。

梅小妹还是一直惊叫不止，浑身打哆嗦，直到意识有些模糊，见状穆枫建议送梅小妹去医院，梅花和梅姨抱着梅小妹上了穆枫的车。

到医院之后，医生给梅小妹打了针，梅小妹才睡下了。梅花一直在梅小妹身边守护，梅姨叫梅花出来换岗。梅花心想正好跟穆枫表示下感谢，谁知出来后穆枫不知道什么时候已经离开了。想到梅小妹没事了，梅花也安下心来，困意不禁浮上眼皮，她在医院的走廊长椅上坐着睡着了。

梦中她看见梅小妹走向了一个黑暗的屋子，梅小妹四处求救，却没人来救她，惊恐之际，梅花吓醒了。醒来后，梅花望着空无一人的走廊神色有些恍惚，刚刚梦境里的人到底是梅小妹还是梅花自己？梅花想到这里赶紧摇了摇头，推翻了自己的想法，梅小妹不就是梅花吗？是的，一定是，如若不是，那之前的这些记忆和感应都该怎么解释呢？

对！感应。梅花试图通过和梅小妹之间的感应，来看看梅小妹当时到底是发生了什么事？她冷静后总觉得梅小妹不是第一次看见梅姨和人吵架了,应该不至于有这么大的反应。但梅花闭着眼睛反复试验,却怎么也感应不到梅小妹的记忆更新。真奇怪,她们之间的感应怎么会消失了呢?那梅花和梅姨之间的感应还在吗?

14
复仇计划二

梅小妹在病床上醒来后，又恢复了往日的笑容。梅花还是很担心梅小妹，但又不敢深问，怕再一次刺激到她。

"感觉怎么样了？"梅花试探着问。

"感觉……饿了，想吃薯条！"梅小妹瞪大了眼睛，笑意溢满了整张脸。

"小吃货！"梅花看着梅小妹好了，心情也大好。

梅姨开了口，说道："红姨听说梅小妹病了，也要来看，现在已经在来的路上了。"

梅小妹当然知道，有红姨就有好吃的，红姨每次都给梅小妹买特别多的好吃的，梅小妹开心得直流口水。

梅花看着梅小妹的笑脸，一时觉得眼前的小妹妹很熟悉，那就是自己，又一时感觉她们之间没了感应后，好像断了某种联系，似乎生命轨迹发生了某些不为人知的变化……

梅小妹出院后一切照常，梅花这边也开始全力为麦斯节做

14 复仇计划二

准备，各种入围者的采访扑面而来，梅花开始准备自己在活动现场的作品概述演讲。

梅花正在家里练习演讲稿，突然电话来了，一串没有标记的号码，但梅花一看便知是谁了，这个号码她以前烂熟于心。

"你打电话有什么事？"梅花接起电话直接明了地问道。

"哦，你入围的那组是我女朋友负责的，明天碰面的时候你能不能躲着点她，我不想让她看见你就跟我生气，你也知道她脾气不太好，我也不想让她生气……喂？喂？断线了吗？"楚淼喂了两声，梅花电话这头半天没有说话声。

突然，一个陌生的女人声音传来："楚淼，你觉得你现任女友看你前任女友碍眼，你怕她生气，就要前任女友绕道而行，你们也太欺负人了吧！楚淼，你这个名字起得真好，你就是个畜生！"说完后，电话便挂断了。

梅姨挂断电话后，便将梅花的电话扔到床上，梅花都有点傻眼了，这个梅姨也太暴力了。

"不是我暴力，这种畜生还跟他废什么话，当时他是怎么甩你的，为了讨好他那个女朋友，当着那么多人的面羞辱你，他给你留情面了吗？"梅姨很生气。

"梅姨你还能感觉到我在想什么？"梅花问。

"嗯。"梅姨这一声很沉闷，和之前的大声形成鲜明的对比。

"可我感觉不到梅小妹的记忆更新了。"

"哦，可能是有延时吧。"梅姨很明显不想深聊这个话题。

"为什么会这样？你是不是知道什么？"梅花追问。

这时，梅小妹披着自制的毛巾被披风闯了进来，浑身的汗水，梅姨起身拉起梅小妹，说道："你看看你玩得大汗淋漓的，赶紧洗个澡。"说着梅姨拉起梅小妹进了浴室，锁了门。

梅花当然知道梅姨的反应不寻常，但她也很清楚，梅姨不想说的是怎么也追问不出来的。梅花也不能再刺激梅小妹，真是伤脑筋。

就在这时，电话又响起了，是穆枫。

"明天的演讲准备得怎么样了？"

"哦，正在练习。"梅花没底气地答道。

"明晚活动结束后一起吃个饭吧，可以带上你的家人。"

"啊？不是很方便吧？"梅花脱口而出，她觉得和穆枫还是要保持一定距离的。

"带家人没问题的。"穆枫以为她说的是带家人不方便，梅花差点喷了，赶紧回了回神。

"啊，我的意思是吃饭不太方便吧。"梅花有些混乱，但穆枫已经明白了梅花的意思。

"明天是班里同学一起吃饭，活动结束后在西门餐厅见。"说完穆枫便挂断电话。

原来是大家一起聚餐，之前班里的这类活动大家都不叫她，穆枫是了解这个情况才提前电话通知梅花的吧，梅花有点后悔刚才自己的言语，一定是被那天食堂聚餐时大家的质问影响了。

梅姨帮梅小妹洗完澡，从浴室里出来了。梅姨走到之前的报仇作战计划板前说道："时间不多了，接下来该开始第二步复仇计划，复仇对象——楚淼。"梅姨在楚淼的名字上重重地画了个叉，梅小妹和梅花互相对看了一眼，二人紧闭双唇，意味深长地点了点头。

和楚淼的过往大概是梅花最不愿意提的。梅花和楚淼认识一年，恋爱一年，当时对比楚淼，梅花是付出得比较多的，经常帮楚淼扫地、做饭，写稿赚的钱也都给楚淼买衣服和生活用品。直到有一天梅花去楚淼家，结果看到了楚淼和一个女人裸露着躺在床上，而这个女人就是楚淼的现女友——徐琳珺。梅花气恼地看着这对狗男女，徐琳珺竟还不以为意，慢慢悠悠地穿衣服并跟楚淼讲："把她撵出去，我可不喜欢被陌生人盯着身体看。"楚淼面露难色，但还是起身把梅花"请"到门外。站在门外，楚淼说了实情，他原本一直想申请留校，但没有后台谁会留下他，这个时候徐琳珺出现了。虽然徐琳珺在学校内部也没有熟人，但她有钱，或者说是她在甘肃兰州有个相当有钱、当医药企业大老板的老妈，徐琳珺自然出手阔气，砸了一百万元进去眼都不眨，楚淼留校的事儿就这么顺利地办妥了。

这类事情梅花是听过这种暗箱操作的，之前高考想挤进表演系的同学，差一分就两百万元，但这两百万元已经是几年前的价格了，现在随着学校的知名度越来越高，几乎半个娱乐圈都产自这所学校，即便是两百万元这种熟人价，都有一票人排队等候，这种新闻一点都不新鲜了，徐琳珺就是这两百万大军中的一员。后来每次不巧遇到楚森和徐琳珺时，徐琳珺都要刁难梅花一番，甚至有一次在食堂碰见，徐琳珺还大摇大摆地泼碗汤在梅花身上，还有一次徐琳珺月经不调，心情不爽，便让楚森当众抽梅花一嘴巴。徐琳珺之所以这么一而再再而三地猖狂欺人，无非是从楚森那里得知梅花没有任何背景，穷人一个，和个孤儿没差别，踩躏这么个人谁能把她徐琳珺怎么着呢？

到这里，梅花再也回想不下去了。梅姨饶有兴致地讲着关于怎么报复楚森和徐琳珺的计划，梅花感觉梅姨似乎做足了功课，好像梅姨等待这一刻很久了，也对，她就是她，这些积压在心中的怒火，梅姨比梅花的年头更多吧。

15
她是我的学生

麦斯节现场来了特别多的国际影视界的大腕嘉宾，梅花的演讲顺利完成，台下梅姨和梅小妹一直在给梅花拍照，红姨也拿着鲜花来到了现场祝贺梅花，和梅花合了影后说自己还有事便先离开了。

到了按照分组集合去颁奖典礼的时候，梅花当然没有听楚森的，还是站到了自己的组里，徐琳珺没有好脸色地瞪着梅花，说道："别白费功夫了，你拿不了奖的，因为我不让。"

看着徐琳珺得意地露出诡诈的笑容，梅花只觉后背发凉，说道："你手伸得也太长了！"徐琳珺这手都伸到麦斯节这种国际台子上了，有几个臭钱就嚣张跋扈真是让梅花恶心又害怕，不禁又说了句"没天理了！"

徐琳珺趾高气扬，嘴角带笑，说道："就没天理了，穷鬼！"说着手就打到了梅花的脸上，梅花对这突如其来的一下还没反应过来，徐琳珺不解气地又要打第二下，突然她的手被另一只大手制止在半空中，梅花捂着被打得发烫的脸看见穆枫正扯着徐琳珺的手。

穆枫眼神里透着凶光狠狠地盯着徐琳珺，说道："她是我的学生，轮不到你来教训。"

"穆老师，这是我跟她的私人恩怨，再说她都没说什么，你也最好少管闲事。"徐琳珺完全不惧怕学校里任何一个老师，她习惯了自己有钱就可以横着走的霸道。

"管定了。还有，你昨天和麦斯节评委私下接触的事我都看到了，劝你别做幼稚的事，不是什么东西用钱都能搞得定的。"穆枫说完拉着梅花离开了，留在原地的徐琳珺还有些凝神，不过很快她就想明白了，这个穆枫不过是新调任来的老师，他就算看见自己用钱贿赂评委淘汰梅花，又能怎么着呢？这个学校里她家最有钱，谁也拿她没办法，出了事儿直接拿钱摆平就好了。

就在这时，同学们的手机纷纷响起提示音，大家都好奇地翻开手机，信息中赫然写着"惊爆某医药企业拿上百号活人当试药实验品并致其死亡，被试病人在完全不知情的情况下被注射其研发的新药，随后半月内陆续有人出现休克死亡，该企业欲与事发医院医生共同掩盖瞒报死者死因。目前，现该企业法人徐某外逃，其办公地点已被查封，其余事件相关人员均已被逮捕，警方正在极力追捕外逃人员……"

这个医药企业的有钱程度学校里谁人不知，大家看到这里，视线都不禁转移到这个大名鼎鼎的徐琳珺身上，这徐琳珺是单亲家庭，一直随母亲的姓，这个外逃的徐某不就是徐琳珺的妈？

总是跟在徐琳珺身后混的几个小跟班女生惊诧地把新闻递给徐琳珺看，徐琳珺正想着要怎么整一整穆枫和梅花，觉得小跟班们没眼力见的打扰到了自己，她不情愿地瞄了一眼，但就这一眼让她立刻夺过手机，没错，这个企业名字她太熟了，她一直喝着那里供给她的"血"出来横行霸道。

"这是谁造的谣！"徐琳珺当然不肯接受现实。

突然，人群中窜出一群警察，徐琳珺还没反应过来便被带走了，顿时校园内一阵骚动。

随着一声礼炮声，大家的思绪被拉回，麦斯节颁奖典礼正式开始了。入围席里挤满了来自世界各地的人，梅花坐在穆枫身边，毛海蓉和康俊男也在其左右，指导教师带领学生坐在入围席是没有问题的。

台上的奖项一个个公布颁发，入围席也随之发出一波波掌声和尖叫声。其实，梅花心里对拿奖并没有太多期待，这次能入围已经是她入学以来最大的收获了，从一个边缘化的透明人到现在被同学和老师接纳，梅花很欣慰了。

等到最后一个重量级的剧本大奖开始公布，舞台大屏幕上一个个闪现出入围者的名字，有毛海蓉，有梅花，也有康俊男。康俊男之前已经拿了一个科幻题材类的新人奖，他也自知按照以往惯例，前面拿过一个奖再拿第二个奖的可能性并不大，所以他显得很轻松，还用娘气的语调调侃梅花："听小道消息说，毛海蓉那个本子是付建亲手写的，你这不是在和咱以前的导师竞争吗？胜算大不？"

梅花听康俊男这么一说，心里基本明白了，之前她也在公共入围席平台区看过毛海蓉的本子，梅花非常感叹，其作品的完成度非常高，基本上是拿到电影公司就可以直接拍的程度，但现在才知道原来是付建写的，梅花对这最后一个奖项是不抱什么希望了，她哪里会是导师级别的对手。

梅花无意间瞥向穆枫，穆枫一脸严肃，眼神一直关注着大屏幕的动向，毕竟他的三个学生都入围了，又是最后一个最重量级的大奖，获奖者只有一名，他的紧张和重视程度可以理解。

"获奖者是……"颁奖嘉宾是业内负有盛名的大导演和娱乐圈最火的男明星，男导演故意拖长声音，"毛海蓉！"

听到宣布的声音，毛海蓉跟炸了似的又哭又叫，完全没个能胜大任、揽获这样大奖的气质仪态，台上那位宣布获奖名单的男导演拧了下眉毛，难以置信地反复看了下手卡，他八成是认为自己说错了名字，但这时候毛海蓉已经哭得眼线花掉，她穿着一袭暴露的白裙，像个鬼一样冲上了舞台，时不时还跟台下人挥手，可是没有人给她回应，她和付建的黑历史早就已经传开了，谁愿意做这种人的粉丝。

梅花倒是很轻松，她看向穆枫，谁知穆枫却没有一丝轻松，还是一脸严肃的样子。

"哎，他估计也听说了毛海蓉的本子不是她自己写的，心里肯定不爽，这种丢人的事儿除了毛海蓉自己，谁都高兴不起来，身为她同学，我都觉得脸上无光，当时穆枫就不该放毛海蓉一把。"康俊男小声在梅花耳边嘀咕着，梅花表示理解地看向穆枫。

就在这时，台上同为颁奖嘉宾的男演员说话了："今天组委会让我来呢，还有一个很重要的任务，就是颁奖……"男演员也故意拉长声音，男演员本来在国内人气就非常高，他这样一说台下顿时开始嘀咕，难道还有后续不成？"没错，还有一个获奖者！"这时台下开始抑制不住这种彩蛋效果，狂欢和尖叫声响了起来，"往届的麦斯节，最后一个重量级奖项只有一个人，但今天组委会实在难以取舍，万般矛盾之下，决定今年诞生双黄蛋，有两位并列的获奖者，这第二位的幸运儿就是……"男演员看了下手卡，接着高声宣布，"梅花！"

台下报以雷鸣般的掌声，康俊男都听傻了，说道："我去，姐们儿，你行啊！"看到梅花有点傻掉，康俊男扯着梅花的胳膊，说道："想什么呢，快去领奖啊！"

梅花如梦初醒，她缓缓站起身，看到身边的穆枫脸上严肃的表情不见了，而是对她露出赞许的微笑，这笑容似有一股力量,让梅花的心神安定了下来,在热烈的掌声中淡定从容地走上台,台上的男导演和男演员都暗自点头为其鼓掌。对比自己之前上台时的冷清,毛海蓉瞪了一眼梅花。

伴随着颁奖的音乐声,男演员在台上继续讲话:"组委会对毛海蓉作品的评价是,你的作品深度解读人性,技巧手法老练、成熟,看得出是有多年的功底积累……"男导演也插话,说道:"对啊,我还以为是一个有一定阅历、非常沉稳的人,感觉作品和人完全不是一个类型啊!"毛海蓉听到这儿很尴尬,对于文学艺术创作,行内有句老话:你是一个什么样的人,你的作品就是什么样。男导演看似是在开玩笑,实则在暗示这根本不是她写的。

男演员继续读着评委会的评语,"梅花,组委会对你作品的评价是,力量、胆量和创新,你的文字当中有压抑许久而终于爆发的震撼,你不照本宣科而是走自己的路,这也是评委们一致认为加这份'双黄蛋'的原因,在你身上能看到影视行业的希望和未来,哇,这么高的评价!"男演员念到这里情不自禁地感叹起来,梅花微笑着点头回敬表示感谢……

在另一侧观众席的梅小妹激动地扯着梅姨的手,说道:"梅姨,梅姨,梅花在台上真好看!"梅姨依旧一副冷冷的面孔,提醒梅小妹:"我们要抓紧时间了。"梅小妹顿时也冷了下来。

台上掌声和欢呼声依旧,梅花在鲜花和奖杯的光环下,特别耀眼。

16
签约

在漆黑的深夜里,梅姨和梅小妹在街道上独自穿行,似是走进了一座空城里,越走越黑,竟到了山崖上,突然有人在崖边推了她们一把,她们掉进了无底的深渊里,二人惊悚狂叫……"不!"梅花惊叫着醒了,竟是一场梦。

额头还渗着汗珠,梅花看着睡在她身边,翻了个身后继续打呼噜的梅小妹,梅花狂跳的脉搏总算平静了下来,还好不是真的。怎么会做这样一场梦?大概是自己最近准备签约的事,太过紧张和忙碌造成的吧,梅花这样安慰着自己。

按照麦斯节的赛制,脱颖而出的获奖参赛者要与其组委会友好合作团体联合作业,共同完成参赛作品的拍摄工作。梅花有幸被当时台上那位颁奖导演李凯挑中,几次会议头脑风暴后,聊好了剧本修改和拍摄方向,并定于明日签约。其间,穆枫一直陪同梅花,这也是系里担心一直没出过作品的梅花没有经验,同时这样的重视也是老师们对梅花的肯定,是爱才的表现。有导师穆枫的指导,梅花安心了许多,这个导师是值得信任的人。

想到这里,梅花不禁又沉沉地睡去了,这一次她睡得很踏实……

待再次睁眼时,梅姨和梅小妹已经出门了,睡前梅姨说过,第二天要带梅小妹去附近的学校看看的。梅花懒洋洋地看了一眼手机,竟已经是早上八点五十了,而今天正式签约时间约在九点半,梅花一股脑儿地爬起床准备收拾。跑到沙发边时,看到沙发上放着一套叠得整齐的新衣服,还有一张字条,上面写着:"穿着新衣服去吧,梅小妹的主意。"字条的落款是梅姨的签名和梅小妹的幼圆字体。

梅花把字条攥在手里,眼眶不禁湿润了,这梅姨和梅小妹本来就是梅花命中不可分割的一部分,但现在又多了一份感动和温情。梅花抹抹眼泪,她告诉自己,从现在开始,自己要好好地去感受人生。

夏天的天气很闷热,梅花刚跑到楼下,额头就冒出了汗珠,出了小区大门后,梅花发现门口停着一辆车,很眼熟,驾驶座位上坐着的人正是穆枫。穆枫按下车窗,冲梅花摆摆手,招呼她上车,梅花很诧异,但还是顺势跑了过去。

"老师您怎么在这儿啊?"梅花发问。

"顺路到这儿,刚想给你打电话,就看见你出来了。"穆

16 签约

枫边说边开车,梅花看着他扭转方向盘掉头行驶,不太像顺路的样子。

"你再想想一会儿要谈的条件,签了约就不那么自由了。"穆枫嘱咐。

穆枫的提醒把梅花拉回到现实,梅花说道:"好的,明白。"

很快,他们便到了要签约的那家公司,一栋十多层的金碧辉煌的大楼出现在眼前,这里设有许多国内一线导演和演员的工作室,有很多普通人都想挤进这个气派的地方,在这里进进出出的人都是一副趾高气扬的面孔。

一下车,梅花便被这栋大楼的气派样子震撼到了,之前他们开会、谈合作都是在学校,这算是她头一次正式踏进这个全国最知名的影视大公司。在没考研之前,她也曾给这里投过求职简历,投了几次都石沉大海,没了音讯,后来也就不了了之了。如今以签约合作者的身份来这里,内心还是很激动的,看来所有的努力终会有被认可的一天吧。这时,穆枫已经停好车走了过来,二人一起上了楼。

在前台秘书的带领下,他们一起到了会议室。导演李凯正在和几个人开商讨会,看见穆枫和梅花便停了下来,邀他们坐下。梅花坐下来后,看到自己正对面的人,惊得差点连眼珠子都掉出来,对面坐着一个四十多岁身材走样发胖的女人,此人拨弄了下显得她脸更大的玉米烫鬈发,然后双手交叉抱着手臂轻蔑地看着梅花。

"你……"梅花一时语塞。

穆枫低声问梅花:"你认识?"

梅花做了个吞咽的动作,说道:"我以前的主编。"

"好久不见啊,梅花,真没想到在这儿竟然会碰到你。"那人终于轻蔑地开了口。

穆枫听语气知道来者不善,便抢先梅花一步,说道:"你好,我是梅花的导师穆枫,希望这次在李凯导演的带领下,大家合作愉快。"穆枫故意搬出了李凯,言外之意告诫对方不要挑事儿,这里主事儿的人是李凯。

李凯是老江湖了,什么场面没见过,这点小事儿他根本不放在眼里,也没兴趣介入。"小林,你去把合约拿过来。"李凯对自己的年轻男助手小林说道。

小林拿来早已准备好的合约,分发给大家,小林边发边解释道:"由于这次的项目公司很重视,所以由李导带头组建了一个 team,今天是整组人的签约,小杜是摄影组负责人,大强是美术组负责人,马彪是灯光组负责人,服装组和道具组都由三丽姐负责……"小林一一介绍着团队的成员,"接下来是编剧这部分,梅花是原创剧本的编剧,但由于梅花是第一次跟这样的大组,所以我们也特别邀请了另一位有经验的编剧陈红,希望二位合作愉快。"

这个陈红就是刚才提到的梅花以前的主编,她曾经无耻地

16　签约

压榨梅花的酬劳并剽窃她的剧本作为己用，如果不是陈红做得太绝，也许梅花也不至于对生活彻底绝望，走上绝路。

回想到这里，梅花咬了咬牙。之前开会时，团队也沟通过再找一个有经验的编剧来共同合作的事，梅花明白自己经验不足，所以当时也是同意这个做法的，但谁承想找来的竟然是陈红。现在梅花真是进退两难，这次能和李凯这样的国内一线导演合作，机会千载难逢，但要真合作的话，面对陈红这种人实在难以心平气和，正当梅花内心挣扎迟疑时，穆枫开了口。

"由于学校和麦斯组委会都很重视，所以委托我全程协助梅花，希望能顺利促成这次合作。"

对于穆枫的主动请缨，李凯暗自高兴，因为他很清楚穆枫的实力，他曾经在读过穆枫的几个获奖剧本后，几次邀请穆枫合作但都被他以各种理由婉拒了，这次穆枫愿意送上门，李凯当然没意见。

"我当然欢迎穆老师的加入，不过让你做协助的人实在太屈尊了。"李凯兜着圈子。

穆枫当然知道李凯的用意，说道："放心，梅花是我的学生，我也希望学生出好作品，这次合作不计报酬，我会全力配合。"

"好！小林再去拿一份保密协议。"小林接到了李凯的指令，麻利地出门去准备了。

保密协议是前期工作进行时，所有参与影视项目的人员都要签的，尤其是一些重大的项目，这是必须走的程序，不过梅花他们的保密条款都已经涵盖在合约里了，而穆枫属于编外人员，所以要单独签。但李凯的这一举动，也足以说明他对这个项目的重视程度，穆枫也放心了不少。

梅花见穆枫也参与了进来，心里的顾虑消了大半，接下来的签约很顺利地完成了。不过关于学校的委任，梅花之前从未听穆枫提起，其实他是完全没必要应承下来的，梅花不知道是不是自己多想了，总感觉穆枫对自己是格外关照，但她根本没勇气深想，那么一个优秀的男人怎么会对一个如此平凡的自己有想法呢？人家一定只是出于老师对学生的责任和义务而已。况且梅姨不是说过，未来的自己是和一只流浪猫生活，还是赶紧打住，停止那些不着边际的胡思乱想吧！

正当梅花试图坚定自己的心的时候，不经意间瞥到会议室和李凯商讨细节的穆枫正在看着自己，那眼神似带电一般快要把她看穿了，梅花顿感招架不住，赶紧低下头假装在笔记本上写字，但心脏却慌乱地狂跳，一丝绯红溢上脸颊……

17
五维空间

夏天午后闷热，家里的空调老化坏掉了，梅花和梅小妹盘腿坐在沙发上眼睛直勾勾地注视前方，大颗大颗的汗珠顺着额头滚落下来。

"汇报战况。"梅姨像个作战指挥员一样背着手等待梅花的反馈。

梅花敬了个手礼，说道："报告梅指导，复仇计划一在进行中，付建和毛海蓉已经得到了应有的教训，复仇计划二当中，楚森自从徐琳珺母亲出事后就没了靠山，平时徐琳珺的仗势欺人很多人早就看不顺眼了，这笔账估计通通都要算在楚森身上了，每天一帮人排着队找他麻烦，他每天都过得提心吊胆。"

"好！前两个复仇计划基本算是顺利完成，接下来就是复仇计划三，目标人物陈红。"梅姨边说边用黑色笔在白板上陈红的照片位置画了个大叉，"这个压榨梅花血汗钱、剽窃梅花作品的悍妇，我们决不轻饶！"

有了前两次成功的信心，梅姨说得铿锵有力，梅花和梅小妹也装作一脸严肃认真的样子，赞许地点头。

"报告，这回我们的作战计划是什么？"梅花像个小士兵一样举手发问。

"这回对付陈红，单靠我们三个还不行，还需要利用穆枫为我们做事。"

一听梅姨说要利用穆枫，梅花顿时没了开玩笑的模样，说道："为什么要利用他？我不赞成。"

梅小妹见气氛不对，安抚地挽住了梅花的胳膊，梅花还在不悦的情绪里，没给什么反应。

"你跟他是不可能的，趁早断了你的念想，免得日后痛苦。"梅姨也开始变得严厉起来。

"什么可能不可能的，我跟他本来就没什么可能，只是人家帮过我很多次，上次梅小妹晕倒，人家二话不说送我们到医院，还有徐琳珺那次他也是第一个站出来帮我的人，还有……"

"你知道他为什么要无缘无故帮你吗？因为他是来找你报仇的！"梅姨气愤地对梅花喊着。

梅花对梅姨的话没太理解，这前言不搭后语的，什么报仇，说的都是哪跟哪？

"什么报仇？你说什么呢？"梅花皱着眉头看着梅姨。

"他真的是来报仇的。"梅小妹扯着梅花，"在我来这里之前，有一个隔壁邻居家的大哥哥看我没人理，所以总带我玩，可是有一次他的后爸喝多了回去打他，我当时太害怕了就顺着后门爬了出去，结果第二天我上学的时候，看见院子里挂着哥哥的黑白照片，大人们说那个叫灵堂，我躲在后面偷听，才知道哥哥因为忍受不了被毒打，一气之下上吊自杀了……如果当时不是我扔下他一个人逃跑，他也不会死掉，是我害死了他……"说到这里，梅小妹身体有些抽搐发抖，低着头掉出了眼泪。

梅花搂着梅小妹，摸着她的后脑勺，希望这样可以缓和些梅小妹的情绪。

"这段记忆为什么我没有呢？"梅花试图努力回想，但脑海一片空白。

"是因为时空契约者在我来之前，为了让我更好地完成任务，将我最恐惧的这段记忆抹掉了。"

"所以……我也没有了这段记忆？"

梅小妹对梅花点点头。

"那你怎么会又想起来这件事呢？还有这件事和穆枫有什么关系？"梅花试探着问下去，因为她实在太不解了。

"因为他就是'那个大哥哥'，那天第一次见到那个人，我脑子里被拿掉的记忆就都回来了。"回想梅小妹那次抽搐晕倒，就是在见到穆枫的时候，从那个时候起，梅花和梅小妹之间便没有了感应，想必也是因为受到了这个刺激，导致梅小妹的记忆恢复，而在这个时空里缺少些类似自动修复的机制，所以他们之间的传导感应失灵。

"但是你说的大哥哥当时不是已经死了吗？现在的穆枫有三十多岁，他怎么也是叔叔级别的了，怎么会是同一个人呢？"梅花继续追问。

梅姨稳了稳情绪，说道："我来跟你解释吧，现在，我们人是三维生物，维度空间这个概念你应该知道，"梅花点点头，梅姨继续说，"四维空间里没有时间，而我们定义的时间可以理解为其中的一个坐标点，呈现出的画面你可以想象下，人看起来就像一个多彩的拉环，从出生到死亡每一环都可以看得到。而五维空间可以理解成是建立在四维空间基础上产生的分支，比如说梅小妹、你和我排成一排，我们便形成了四维状态，但在你准备自杀的那一刻，就产生了两个分支，一个是被救下的你，另一个是已死亡的你，被救下的你形成了一个四维状态，没救下的你形成了另一个四维状态，有可能进入下一个生命阶段，当这两个四维状态同时存在并可见时，便形成了五维。这样说你能理解吗？"

"你的意思是现在的穆枫不是梅小妹那个时空的穆枫，而是在那个死亡节点产生的分支，现在这个分支由于某种原因和我所处的时空产生了关联？"梅花试图跟上梅姨的思路，努力理解着。

"就是这个意思。"梅姨如释重负。

梅花皱眉思考，说道："可你怎么能确定他是来报仇的呢？也许新的分支里他根本不记得这件事呢？"

这时梅姨把手机递到梅花面前，是穆枫的车停在梅花家小区门口的照片，时间是签约那天早上八点，梅姨说道："那天，我跟梅小妹出门，就看见他停在门口，我怕梅小妹再受刺激便绕道而行了。"梅姨讲述。

天哪，那这么说那天穆枫根本不是顺路，梅花之前就觉得怪怪的。

"但这也不能说明什么吧。"梅花并没有看出太多端倪。

"你再往后翻。"

梅花接着往后翻照片，看起来像电脑里的资料截屏，这时梅姨解释道："我黑进了穆枫的电脑。"梅花瞪大了眼睛，这个梅姨真是太胆大了。梅姨讲述自己是如何利用未来学到的技术黑进穆枫电脑的，并在里面发现了穆枫早些时候就曾偷拍梅花的一组照片，而在那个时候梅花的导师还是付建，也就是说穆枫早就认识梅花。

得知这个消息，梅花觉得不可思议，回想和穆枫接触的种种，确实有哪里不太对劲儿，但她也说不明白，他早就认识梅花却一直装作不认识，处心积虑地接近自己到底是为什么，难道他真的是找她来报仇的？

"你现在悬崖勒马还不晚。"梅姨感应到梅花的思考，于是回应道。

"不对啊，这么说，你早就知道梅小妹认出穆枫的事？你们两个为什么不告诉我?"梅花突然反应过来,感觉自己被她俩排除在外,有点生气。

梅姨不接茬,她看出来梅花是在试图转移话题,梅小妹有些愧疚地说道:"梅花,你不要生气,我们也是怕你难过……"

梅花心软了,露出微笑。

"好了,回到正题吧,"梅姨见气氛好转,便重新拉回话题,"接下来要对付陈红了,她可没毛海蓉和徐琳珺她们好对付,为了万无一失,还是要利用穆枫为我们做挡箭牌。"

梅花想说点什么制止的话,但她现在什么也说不出来。穆枫,到底有什么目的?

18
复仇计划三

　　傍晚，梅花回家后狠狠地把包摔到沙发上，极其冷静严肃地质问梅姨："为什么？"

　　一阵杀气袭来，梅小妹咬了一半的薯片吓得掉到了地上，梅姨倒是淡定不语。

　　"为什么非要做到这种地步？"梅花更加气愤，"你到底瞒着我干了多少事！"

　　梅姨也有些不悦，冷笑了一声。

　　"是你找人偷拍我和穆枫的，你竟然连我一起利用！"梅花再次质问梅姨。

　　事情到这儿，还要从白天说起。

　　距离开机的日子一天天逼近，梅花也劝自己还是不要胡思乱想了，她和陈红的合作由于穆枫的介入表面正常进行着，有几次陈红故意刻薄刁难，但都被穆枫三言两语挡了回去，陈红当然气不过，但她拿穆枫完全没办法，她早就知道李凯对穆枫的重视，要真明着得罪穆枫，说不定她自己也有被开除的风险，但她心里早想弄走穆枫了。

梅花这边一直按照梅姨的指示，努力调整自己的心态，尽量不要在穆枫面前露出马脚，另一边，梅姨利用网络技术，暗中收集陈红过去剽窃的一切证据。虽然梅姨一直没有明说到底准备怎么利用穆枫，但梅花总是有种很不安的感觉。直到今天白天这场戏码的上演……

上午，梅花和穆枫一起和李凯团队碰撞开会，谁知刚一推开会议室的门，一群人用怪异的眼神上下打量他们，穆枫和梅花就近坐下并对视了下，他俩并不清楚发生了什么事。

"李导，"陈红撩拨了下不太利索的鬈发刘海，露出一张分不清是虚胖还是水肿的大脸盘，"我们不是向来不允许情侣在前期策划组的吗？这可是您立的规矩啊！"陈红说完，轻蔑地瞟了一眼梅花和穆枫。

李凯吸着雪茄，没吱声，作为助手的小林只好开了口，说道："穆老师，我们李导的团队一直都是这个规矩，不允许情侣出现在同一个组，连自家人他都没安排进来过，也希望您能理解。"

"这个我听说过，媒体也曾报道李导这样公私分明的工作态度，我也非常欣赏。"穆枫回道。

"所以……你们两个不能再同时出现在这个组里了。"小林把话挑明。

情侣？什么情侣？梅花也有点蒙。

小林拿出手机递到穆枫面前，说道："这个现在已经有人爆料了，也希望你们别让李导难做啊！"

穆枫拿过手机，梅花也凑了过来，上面写道"某高校男导师和女学生师生恋，并一同工作在知名导演李凯的工作室……"上面还附了照片，一男一女，一前一后走进一家宾馆，照片的角度明显是偷拍的，虽然打了马赛克，但是熟悉他们的人，从着装上一眼就能认出那是穆枫和梅花。

"现在这学校的老师和学生都这么不检点吗？你们学校前一段不是刚爆出老师包养学生的事儿吗？"陈红一脸不怀好意地说。

梅花直视着手机屏幕默不作声，她的心中似乎在隐忍什么。

"我还以为什么事儿呢，都是做影视的，不会连这是P过的照片都看不出来吧？"穆枫淡定地说。

"胡扯，这照片验证过人像部分，根本没P过。"陈红试图揭穿穆枫，得意的语气仿佛在告诉穆枫别狡辩了。

"人像部分确实是真的，但上面的宾馆名字是嫁接的，"穆枫说到这里，翻出自己的手机打了几个字，说道，"就是这里。"众人看过去，那是一家养老院的名字，但大门部分和新闻上的完全一致，陈红还是摆出一副完全不信的样子。

"陈编剧，您是怎么知道这照片验证过人像部分的？莫非这照片曾经经过你的手?"穆枫冷冷地质疑陈红。

陈红有些心虚,但还故作镇定,说道:"你可别胡说八道!"

李凯一根雪茄抽了三分之一,终于开了口,说道:"虽然我的规矩是公私分明,但我更讨厌团队里尔虞我诈,出卖队友的行为。陈红,你被开除了。"

陈红有点蒙住,一时反应不过来,说道:"什么?开除?什么就开除我啊?你至于这么偏帮穆枫他们吗?"

李凯身体向椅背后靠去,继续说:"我已经给过你机会了,这个养老院是我让穆枫和梅花去实地勘景的,看到新闻的时候,我就猜是有人居心不良,栽赃陷害,新闻里直指我的工作室,那跟这个团队脱不了干系,我一直在等现出原形的人,你还真是迫不及待。你知不知道,我年轻时候就被人这么栽赃陷害过,我最讨厌这种肮脏的手段!"李凯边说边将没吸完的雪茄在烟灰缸里用力碾灭,"小林,带她出去找财务结钱。"

但陈红可不是好惹的,说道:"李凯,我们可是签过合同的,你以为你这么容易就能打发得了我?我可没有违约,你这样我可以告你的!"她直呼李凯的本名,并露出令人厌恶且贪婪的眼神。

李凯听到陈红这样说,倒显得越发冷静,重新燃起雪茄吸了起来。

陈红见李凯不语,便得寸进尺,说道:"想开除我可以

18 复仇计划三

啊，要给我经济赔偿，精神损失费和误工费，因为你的这个项目，我推了好几个工作，这笔损失要你来承担。"

李凯不想再听陈红废话下去了，叫小林把资料拿来，陈红不知道他葫芦里卖的什么药，但看样子李凯可不打算服软。不一会儿，小林就拿来了一叠资料，放到陈红面前，陈红一页页地翻着，脸色大变。

李凯吐了一口雪茄，说道："今早我收到一份有趣的资料，里面是某出版社主编利用职位便利，剽窃他人作品的证据，受害者数十人，这个主编专挑一些没社会经验、没背景的大学生下手，其中包括梅花的影视剧本，你的成名作《挚爱》。"

说到这里，在座的视线都集中在梅花身上，陈红可是因为这部《挚爱》才被李凯收入团队，但如今这部作品竟是陈红剽窃的，但梅花一直隐忍不说，大家不禁对梅花露出赞许的眼神，同时对陈红这种仗势欺人的老油条心生厌恶。

这时，小林解释道："由于我们的团队参与的都是涉及非常重要的商业机密的项目，每一个项目都会或多或少影响公司股价波动，所以公司在筛选团队合作人方面要求非常严格，以防因某个个人让公司利益受损，"小林拿起手中的合同书，"这份合同里写明每个人的背景资料必须真实、可靠、透明，如经证实涉及虚假信息影响诚信，我们有权立即中止合约，造假者需按合同上要求的赔付金额予以赔付，为了防止其个人给团队带来负面影响，还要在公众媒体刊载正规的道歉声明。"

说完小林走到陈红身边做出了"请"的手势，并补了"一刀"，说道："如果您有什么问题，也可以跟我们团队的法务谈。"谁不知道这家全国知名的大公司，法律团队是出了名的厉害，还没有他们解决不了的案子，更何况看李凯的样子是有十足的把握，陈红这回真是栽了。

"如果《挚爱》的新闻被曝光，你被扣上了剽窃的帽子，那社会上也一定会质疑你参与的其他项目，一旦有人因为你而怀疑我们的项目也是剽窃，我们也会对你保留法律追究的权利。"李凯边吸雪茄边漫不经心地分析。

陈红知道自己没辙了，咬着牙愤愤地摔门出去。

梅花的回忆到此为止，梅姨站起身，走到复仇计划告示板前，对着陈红的名字画了个大大的叉，说道："没错，你和穆枫的照片是我跟踪你们偷拍的，拍完之后我做了手脚就通过网络匿名发给了陈红，如果她心存一丝善念，也不至此，而且就在刚才，陈红剽窃的证据已经传到各大媒体平台了，很快她的恶行就会曝光。"

梅花拼命地摇着头，说道："你为什么非要做到这一步？从付建、毛海蓉，还有付建那个不知情的老婆，再到徐琳珺和她的母亲……你，你怎么会这么绝情呢？真难想象未来的我竟会是这样一个狠毒冷血的人！"

18　复仇计划三

"冷血？呵……"梅姨轻蔑地哼笑，"我只是把你不敢做的事替你做了，你不是一直恨这些人吗？那就别装圣人，明明恨得咬牙切齿，还非得装清高，最后还要连累我们到这里来救你，你想做的事你自己怎么不敢去争取？懦弱！胆小鬼！"

面对梅姨毫不留情的数落，梅花竟哑口无言。梅小妹当然闻到了火药味儿，正想着怎么拉架，这时，门铃响了。

"我去开门！"梅小妹捧着一包薯片故意从两人中间撞过去，把二人的视线撞开了一条缝，二人不约而同地别过脸去，门铃再次响起，梅小妹冲到门口，说道："来啦……"

忽然听到什么东西落地的声音，梅花和梅姨同时回过头，门半掩着，梅花看不见来者，只见地上洒落的是梅小妹之前一直抱着的薯片，梅小妹一动不动地杵在那儿。

"是谁？"梅花和梅姨同时问出口，二人对视了下又互相白了一眼。

"是我，"门被推开了，一个一脸痞相、胡子拉碴的五十多岁的男人映入眼帘，梅花吃惊地瞪大了双眼，那个男人淡定地说道："怎么？连你爹都不认识了？"男人吸了一口手中还剩一半的香烟。

19
楚森=畜生

"梅花？梅花！"

一个男子的声音传入耳畔，梅花回过神看了过去，是正在讲台上讲课的穆枫，"我刚才讲到哪儿了？"

梅花听到这话瞬间清醒了，胡乱地翻着手中打印的资料，说道："啊……讲到，讲到……"

"你翻什么呢？"穆枫明显带着责备的语气。

梅花这才注意到，手中的打印资料是要拍摄片子的脚本，她本能地以为像初中课堂那样可以翻课本找老师问题的答案，其他同学都看向梅花，梅花一脸尴尬，"我……"

"行了，康俊男你说吧。"穆枫神情严肃，转头提问别的同学。

康俊男不紧不慢地回答着："关于悬疑类故事的人物设定，我觉得可以从两个方面谈起，第一个是剧作技术和技巧层面……"

梅花赶紧收心，把思绪挪回到课堂上。

下午下课后，梅花心里还想着前两天突然出现在家门口的父亲，这个男人一出现准没好事，但往常他都是要钱，这次他却什么都没提就离开了，梅花有种不太好的预感，心不在焉地从六楼往下走，今天下午上课的人本就不多，所以楼梯上下也没什么人。

"梅花！"

一个熟悉的声音传来，梅花顺着声音方向看过去，是楚森。梅花没好气地白了一眼，准备绕过楚森继续下楼。

"梅花，聊两句好吗？"

"不好。"

楚森拦住梅花去路，梅花没心思和他纠缠，说道："请让开。"

"梅花，你不要再生我气了好吗？"楚森无赖地央求着，梅花连接茬的心思都没有，"梅花，求求你原谅我吧，我已经跟徐琳珺那个贱人断了联系了，她那天还恬不知耻地找我，让我拒之门外，我还报了警，我得跟这种人划清界限。"

梅花视线移到楚森脸上，不禁摇头，不知该用什么词来形容眼前这个人好。

"梅花，我真的已经远离那个贱人了，你就原谅我吧。"

梅花长叹一口气，哼笑一声。

"你是原谅我了，对吧？梅花最乖了。对了，你和你们导师穆枫很熟吧，梅花，你也知道我现在的状况，都是被徐琳珺那个贱人害的,学校现在要开除我,你能不能让穆枫保我一下?我是他的助教,他要保我学校一定会考虑的。"楚森自顾自地说着。

梅花只觉得一阵可笑,自己当时到底是怎么瞎了眼,竟然跟这么个浑蛋在一起。

"梅花,他们说穆枫在追你,你说话一定好使啊,梅花你帮帮我吧,你帮完我,咱俩就和好,我之前跟他联系,他都避而不见,但一提到你,昨晚他就见我了,我跟他说是你想让他帮我的,只要他帮我,你就会跟他在一起,当然你也同时可以和我在一起,我是不介意的,我知道你为了我一定会答应的,我不介意你和他……"

不待楚森说完,就听啪的一声,一个巴掌重重地落在了楚森脸上,楚森被打蒙了,眼前这个懦弱的、一直被他呼之则来挥之则去的女人竟然动手打了他一巴掌,楚森一直以为梅花爱自己爱得死去活来,无论自己怎么做,梅花都会感动地等着他跟他和好,可是如今这个女人动手打了他,这从来没有过……

"滚!你和畜生有什么区别?人渣!"梅花声嘶力竭地喊着,一股巨大的能量似要将她的身体撕碎一般,楚森吓得目瞪口呆,他从没见过这样的梅花。

"再不滚,我还打,滚!"梅花再次挥起了手掌,楚森吓得后退了几步,慌乱地跑下楼梯消失了。

梅花气得浑身发抖,她从没这样发怒过,她一直隐忍着周围的一切，像梅姨讲的这些报复计划，是梅花从不敢做的事情，所以楚森才敢这样欺辱她，她一直在无奈地、麻木地退让，梅花身体一直在抽搐，只觉眼前一阵眩晕，下一秒就晕倒在楼道里。

一个人影快步出现，将梅花抱起冲下楼梯，梅花迷离间隐约看见一张俊俏的脸，脸上焦灼的神情显得非常不安，但梅花却感觉好安全……

医务室里，梅花睁开眼看着正在输液的吊瓶，刚要起身，被一只大手按住，正是穆枫。

"不许乱动，好好休息。"穆枫这句话像有魔力般，梅花乖乖地点着头，平躺了下来。

也许是这些天太累了，梅花再次合上眼，半醒半梦间似乎听到一声尖叫，随后一个重重的物体向她扑来。梅花勉强睁开眼看到穆枫趴在自己身上，梅花心想这也太突然了吧，好歹自己也是个传统的中国女性，他又是自己的老师，不成体统。正当梅花试图推开穆枫时，床边一个身影出现在梅花眼前，是徐琳珺。只见徐琳珺目露凶光，右手攥着一把水果刀，刀上面鲜血淋漓，而穆枫的背后正在往外流血。梅花立刻清醒了，大声惊呼救命，徐琳珺似乎惊醒了过来，吓得扔掉了手上的刀往门外跑，门口的几个男医生正好经过，急忙报警。

梅花对着不省人事的穆枫不停地喊叫，医生立刻对穆枫实施紧急抢救。

20
嫌疑人落网

这几天,手机新闻不断弹出消息,某某高校发生学生砍伤教师案件,目前嫌疑人徐某仍在外逃,如有目击者请及时与警方联系。梅姨刷着手机屏幕,点开了举报电话。

"喂,你好,我要举报,今早在朝阳区印布小区 4 号楼 1 单元楼下,我看到了跟照片上一样的嫌疑人……"

挂断电话后,梅姨心满意足地提着装满菜的菜篮子上了楼。

"梅姨,你回来啦!"梅小妹兴冲冲地跑向刚进家门的梅姨,伸手到菜篮子一顿乱翻,终于在篮子最下层找到了她想要的东西——彩虹糖。这东西是梅小妹成天看电视广告上得知的,非缠着梅姨给她买,梅姨当然不同意,她觉得自己牙齿不好就是因为小时候吃糖太多,梅小妹嘟囔着嘴,眼看快哭出来了,梅姨不忍心只好在下班后到超市里面给梅小妹买了这包彩虹糖。嚼着彩虹糖的梅小妹一脸笑意,甚是满足。

"我回来了……"一阵虚脱疲惫的声音顺着关门声传来,梅花仰面瘫倒在沙发上。

梅小妹跑过来把一颗彩虹糖塞到梅花嘴里,梅花勉强挤出一丝微笑。

梅姨系着围裙从厨房走出来,说道:"穆枫怎么样了?"梅小妹听到这里没了笑容,嘴里嚼了一半的糖停了下来。

梅花有气无力地回答:"醒了。"

"那你怎么没多陪陪你的救命恩人?"梅姨边问边从冰箱里拿出鸡蛋,准备做番茄炒蛋。

"你就别再增加我的罪恶感了,不是不陪,是被护士撵走了,你不知道现在的医院看得有多严,探视时间就三个小时,尤其这种刚苏醒的病人,不能打扰,必须多休息。"梅花无力吐槽着。

这时梅花的电话响了。

"你好,这里是×派出所,嫌疑人徐琳珺已抓到,希望您明天来一趟配合我们做一份详细笔录……"

梅花无力地挂断电话。

"抓到了?"梅姨拿着洗菜盆从厨房走出来。

"嗯……"梅花瘫坐在沙发上,仰望着天花板,不知什么时候,天花板多了一些彩色颜料痕迹,估计是梅小妹涂鸦时不小心甩的吧。

"那就行了。"梅姨心满意足地继续回厨房洗菜。

"梅小妹，梅姨怎么知道抓到人了？"梅花继续无力地看着天花板。

梅小妹吃着零食，开始认真思考起来，说道："不会是梅姨告诉警察的吧？"

梅花叹了口气，说道："你说对了。"

"那梅姨怎么知道那个人在哪的呢？"

"你梅姨是谁啊，来自未来，什么事儿她不知道啊！"

"有道理……"梅小妹点着头，继续吃糖豆。

电话铃又响起，是康俊男打来的，梅花接起电话。

"梅花，导师怎么样了？"康俊男问得很直接。

"已经醒过来了。"

"那就好，咱班同学都挺担心的，那你看我们什么时候去看看他比较合适？"

"这两天应该都行吧。"

"那就明天吧，还辛苦你多多照顾他了，明天见了！"

梅花听着电话里传来嘟嘟的挂断声，心想自己什么时候成了穆枫的代言人了。唉，算了，谁让人家是自己的救命恩人呢。

短信铃声响起，"这两天辛苦你了。"这是穆枫发来的信息。

"还发短信？你怎么不好好休息呢？"梅花用手机键盘快速打着字。

"刚才派出所警察来电说已抓到徐琳珺,跟你报个平安,免得你再担心。"

原来他是怕梅花担心,"哦,明天康俊男他们说要去看你,大家都很担心你。"

"以后我的事你就看着处理吧。"

梅花看到这句话心突然狂跳,以后他的事让自己看着处理,这是什么意思?

梅小妹突然大叫起来,说道:"你脸怎么红成这样?梅花你生病了吗?"梅花摸着自己发烫的脸颊,搪塞着称或许是自己太累了,脸上却藏着一抹难以掩饰的喜悦。

梅花用短信回复给穆枫,"哦,好的。"

21
时空之旅

"下楼!"

梅花从睡梦中惊醒,穆枫的声音怎么会出现在耳边呢?是做梦?梅花继续安心地睡去。

再次醒来已是两个小时以后,梅花揉揉眼睛,发现手里竟还攥着手机,看了一眼最近通话,穆枫的名字赫然在列,难道那个声音不是梦吗……

梅花吓得赶紧爬了起来,哆嗦着回拨了过去。

"你总算清醒了,下楼吧!"电话那头是穆枫淡定的声音。

梅花用最快的时间洗漱完,换了条白裙子冲下了楼,发现穆枫早已在车里等候。

"怎么这么早啊?你身体才刚恢复,要多多休息啊!"

"嗯,等不及了。"穆枫边说边发动车子引擎。

"什么等不及了?"

"等不及要见某人"这话穆枫还是噎了回去,说道:"没什么。"

"哦，那我们这是去哪里？"梅花已经系好了安全带。

"去时空之旅。"穆枫说完一脚踩上油门。

梅花瞪着大眼睛，啥？时空之旅？这大哥脑子是不是还没好啊？不对啊，他伤的是在后背也不是脑子啊……

"你说的就是这里？"

梅花看着眼前的这座所谓的"科技馆"不禁有些茫然，虽然它的牌子写的是科技馆，可是外观看起来一点也不科技，这破旧的茅草屋让梅花担心它随时会坍塌掉，连科技馆的牌匾都是残旧木质的，这……实在是不太科技了啊！

"嗯，就是这里。"出乎意料的是，穆枫竟给出了如此肯定的答案。

"我一个朋友是这科技馆的项目负责人，以研究新科技为主……"

穆枫话音未落，远处飘来一个男人的声音。

"哟，带你女朋友来了？"

梅花回头看去，一位身穿白大褂的男人笑着朝他们走了过来。离近一看，男人身材清瘦，长得也很清秀，皮肤很白，笑起来还有一点坏坏的痞气，总体来说还是一副标准的帅哥模样。

"穆枫,眼光不错啊!"男人痞笑的模样有点欠揍。

虽然男人这样说着,但不知为何,梅花竟从对方眼神里感受到一丝异样,这可不像是第一次见到陌生人时该有的眼神,倒像是明明认识了很久,却要故意装作不认识对方的眼神。

男人似乎在用余光暗中观察着梅花,应该不会看错,尽管梅花心有疑惑,但还是思忖着,如何不动声色地缓解眼前的小尴尬。

"您好,我是穆老师的学生,我叫梅花。"梅花故意在"老师"两个字上加重了语气。

"怎么每次都这么说,师生恋就师生恋嘛,这很难承认吗?"男人调侃的话还没说完,穆枫冷冷的眼神打到男人身上,男人没注意到还得意扬扬地笑着呢,穆枫回身要往车上走。

"哎,你怎么走了?"男人一脸蒙地拽着穆枫的手臂。

"我想起车上有个棒球棍,送你这种口没遮拦的人,真是再合适不过了。"

"别别别,我不说了,保证不乱说话了。"男人一只手在嘴巴上做出拉锁状。

"对了,还没跟你自我介绍呢,我叫山博,是个程序员,也是这个科技馆的负责人。"山博对梅花说着。

梅花情不自禁地笑出了声,心想:梁山伯?然后,随口说道:"山博?你不会姓梁吧?"

山博翻着白眼有些尴尬,还没来得及张口,穆枫说道:"没错,他就是姓良,不过是没良心的良。"

"梁山伯?哈哈,好名字!"梅花笑得前仰后合。

此时,明显感觉山博脸上多了三道黑线,说道:"好吧,你们就笑吧,欺负我这孤家寡人的,英台啊你搁哪儿呢!"

三人嬉闹着走进了科技馆。

馆里真是另一番景象,梅花都有些看呆了,一台台新颖的高科技设备陈列在沿途经过的地方。

梅花指着其中一台颇为高科技感的投影设备,说道:"你们这儿的设备都这么先进吗?"

"你说这个吗?"良山博解释道,"这台机器是人体光谱分析,按照人体的喜怒哀乐等光能量等级就可以识别人的境界等级,你可以理解成人们常说的修行,修行等级高的光能量等级就高,也就是越接近神仙的状态。"

"这么高级!"梅花感叹道。

"不过这个去年就已经淘汰了,因为它体积太大、太笨重,现在我们已经把它浓缩成了一个扑克牌卡片大小的合成芯,携带和测量都非常方便。"良山博说完和穆枫继续朝前走。

这么先进的设备都已经淘汰了,梅花晃着脑袋小跑了两步追了上去,跟在穆枫和良山博的身后,想起刚才在门口时,良山博说的"怎么每次都这么说",难不成他们以前见过面?

"哎,我们以前见过吗?"梅花问道。

穆枫和良山博同时停住脚步,面面相觑,半晌良山博才开了口。

"没见过啊,怎么会这么问?"

"哦,没什么,刚才在门口听见你说'每次都这么说',还以为你跟我认识呢。"梅花不好意思地解释。

穆枫开了口,说道:"他跟谁说话都这样,你不用理他。"

"哦……"梅花点点头。

过了最后一道通过刷脸识别技术的大门,一片巨大的科技空间呈现在三人眼前,梅花从没见过这种场面,里面更像是一个宇宙,许多科技人员都在自己的星球型设备前进行工作。

"这个叫星球脑,是我起的名字,"良山博有些骄傲地说,"我从小就梦想着设计这么一款机器了,小时候美术课我还画了一幅画,里面就是这样一个球星的高科技产品,我给它起名星球脑,当时老师还表扬了我,说我以后一定能成为科学家,现在也算是梦想成真了吧。"

梅花看着这整座科技馆,心里暗想:这当然是梦想成真了。

良山博接着介绍关于星球脑的性能,这一个个星球型设备就类似于日常人们使用的电脑,只是这个星球脑的运算速度是普通电脑的一万倍,即便已经拥有如此高的运算速度,他们也还是不满足,还在不断研发、更新。

良山博让穆枫和梅花换上这里特制的科技感太空衣,面料质感滑滑的,却又很轻便,梅花换好衣服出来,穆枫已经穿着太空服站在外面。梅花隐约听到良山博和穆枫在小声说着什么,他们好似故意压低声音,梅花出于礼貌故意咳了一声示意她换好了衣服,二人终止了对话回过头。

良山博继续介绍着:"大屏幕上显示的程序,是我们的一个新尝试——e时空计划,可以理解为人们说的时空之旅,只是普通的时空之旅是肉体时空之旅,每次对机体的损伤太大,而我们的研究方向是倾向于提炼导引出人的意识,将意识运往高维空间,例如,我们能看待二维空间,生活在三维空间,而四维空间里没有时间,我们定义的时间可以理解为其中的一个坐标点,呈现出的画面你可以想象下,人看起来就像一个多彩的拉环,从出生到死亡,每一环都可以看得到。而五维空间可以理解成是建立在四维空间基础上产生的分支,比如说……"

梅花越听这话越觉得耳熟,这话不是之前梅姨跟她讲过的吗?梅花真是搞不懂,自己怎么老遇到这些研究时空、维度的人。

梅花失神地看着穆枫的方向,脑海里不禁浮现梅姨说过的话:梅小妹、梅姨和她,他们三人排成一排便形成了四维状态,但在二十多岁的她准备自杀的那一刻产生了两个分支,一个是被救下的梅花，另一个是已死亡的梅花，被救下的梅花形成了一个四维状态，没被救下的梅花形成了另一个状态，有可能已经进入下一个生命阶段，当这两个四维状态同时存在并可见时，便形成了五维。现在眼前的穆枫并不是梅小妹那个时空的穆枫，而是在那个死亡节点产生的分支，现在这个分支由于某种原因和梅花自己所处的时空产生了关联。那这到底是什么原因造成的呢？难道正是良山博带我们进来的这个科技馆吗？

见梅花一直沉默不语，穆枫以为是良山博过于严肃的介绍吓到了梅花，于是穆枫上前安抚，说道："不要害怕，就是个游戏。"

梅花看着穆枫的眼神，那眼神很坚毅，没有一丝邪念和犹豫，梅花重重地点了下头。

穆枫把手搭到梅花的肩膀，说道："不要被他的解释吓到，这就是个游戏，最近发生了太多事，看你很累，怕你再被情绪问题困扰，所以想带你出来轻松下而已。"

听到穆枫这样讲，梅花想到学校曾一度传出自己情绪抑郁躁狂的事，原来穆枫是因为这个原因，担心自己的抗压能力弱，所以才带自己来这儿的。

想到这里，梅花也不再多虑了，游戏而已，明明跟梅姨和梅小妹的事情八竿子也打不着，自己也能胡乱扯上关系，真是的。梅花想到这里也直摇头，试图想把脑子里之前不靠谱的那些想法甩开。

穆枫示意良山博继续，良山博说道："你们这次时空旅行的目的地点是要停留在六维的某一个支点片段上，基本上和现在的这里差别不大，只是那里的人、事、物和这里的完全不同，那里没有人认识你们。但放心，只要按照路线规则走，基本上没有危险性，可以放轻松。"

梅花和穆枫已经坐进太空舱里，随着宇宙脑机器的倒计时声音闭上了眼。

"祝你们旅途愉快！"良山博说着，梅花只觉得眼前的环境越来越模糊，逐渐沉睡过去……

22

重新认识你

梅花苏醒过来的时候，发现自己正坐在一个公园的游乐场里，里面是一个十岁左右的小男孩，他正躲在滑梯后面，似乎在躲避什么人。梅花拍了拍小男孩肩膀，小男孩惊讶地看着梅花，似乎没想到这里竟会还有一个人，男孩连忙比画着"嘘"的手势，示意梅花不要出声。

不知道是不是一种错觉，梅花竟也觉得某个角落有一双眼睛在冷冷地盯着自己，她四处查看，却什么也没发现，也许是自己想多了。

就在这时，远处一个彪形醉汉模样的男人拿着根大粗木棍闯进了游乐场，一边甩着木棍，一边喊着："你个小崽子，快给老子滚出来！你妈跟人跑了，你也学她，看我今天不打死你这个小野种，白眼狼……"边说着醉汉边往滑梯后面走过来。

男孩惊恐地蜷缩在滑梯边上，似乎在等待死神来了一般。梅花突然站起身走了出去，男孩慌忙地伸手想要制止梅花，但是已经来不及了，梅花若无其事地走到醉汉面前。

"吵什么呀？想偷懒睡会儿觉都睡不好，你这是在找人吗？"梅花对眼前这个彪形醉汉问话。

醉汉有点出乎意料，大概原本以为藏在那儿的会是小男孩，没想到出来的会是一个陌生人。

"你有没有看到一个这么大的小男孩？"醉汉比画着到自己腰的位置，示意小男孩的身高外形。

"小男孩？我想想，想起来了，刚才我在这儿打盹儿，看到有个小孩往那边跑了，你去那边看看吧。"梅花指着左边较远处的小河边方向。

"这小王八糕子，看老子逮住你怎么收拾你！"醉汉看着滑梯骂骂咧咧着准备往梅花说的方向奔去，谁知刚一回身，就撞到了另一个男人，醉汉撞了个趔趄，恶狠狠地看着眼前人，刚想骂几句，结果看到眼前人的严肃气场，突然一句话都说不出来，抖了下肩膀褶皱的衣服，挥起粗木棍离开了。

被撞的严肃男人正是穆枫，梅花看到穆枫心里顿觉踏实很多，心想：总算看到你了！

"你在这儿没事儿吧？"穆枫关心着梅花。

"没事，就是这个小男孩……"梅花回身指着小男孩的方向，发现小男孩已经消失不见，"怎么这么快就跑了？"

"别管他了，走吧，带你去转转。"

穆枫对着梅花伸出手，梅花犹豫了一下，但还是去牵住了穆枫的手。这里是另外一个世界，阳光也很温暖，微风轻抚着梅花的白色连衣裙，一切都是那么美好，没人知道他是老师，没人知道她是他的学生，对，这么美好的世界没人认识他们，梅花无须任何顾虑，她不想再掩饰自己的内心，她喜欢他。

他们手牵着手，吃着甜筒冰激凌、烤串，玩着游戏机，去游乐场的鬼屋……梅花感觉自己从来没这么开心过，穆枫告诉梅花，他知道梅花所有的犹豫和担忧，但是他只想让她活得开心快乐一些，想让她慢慢放下心理负担。

梅花承认，因为师生恋所以自己心里有犹豫，她的内心还没强大到可以接受这样一段会被人指指点点的感情，不过其实她心里最在意的，还是梅姨讲的关于穆枫来历的问题，当然这点她没告诉穆枫。但既然来了这里，暂时卸下身上所有的防备让自己歇息一下也是好事，自己也确实累了太久了，梅花这样想着。

傍晚的海边，梅花坐在沙滩上依偎在穆枫身边，穆枫拿出一枝玫瑰花递到梅花面前。

"这是我第一次收到玫瑰花。"梅花接过花。

"这是我第一次送玫瑰花。"穆枫认真地对梅花讲。

梅花害羞地红了脸，她从没见过穆枫这样温情的男子。

"很高兴，今天能重新认识你，梅花……"穆枫说完，轻轻吻在了梅花的唇边。

夕阳西下，余光打在二人身上尽是暖意……

伴着路灯，二人手牵手散着步，两边尽是草丛芦苇，很美，但也有很多蚊子。梅花是特别招蚊子的体质，被咬得腿上好几个包，穆枫见状有些心疼，提议去路边的小酒馆。

"但这里不是良山博指定我们要回去等待的地点吗？"梅花感觉有些为难。

"没关系，还有两个小时。时间快到了，我们再回来。"穆枫安慰道。

说完穆枫便拉着梅花的手朝小酒馆去了。

到了小酒馆门前，一位醉汉推门走了出来，差点撞在穆枫身上，梅花仔细一看，这不是白天的那个追打小孩的醉汉吗？白天的酒还没醒，晚上的酒又让他这么醉，梅花心里真是担心那个孩子，梅花不禁想起了自己的童年遭遇，她的父亲也经常喝得酩酊大醉，回家后就是对她一顿拳打脚踢，梅花内心深深厌恶这种家庭暴力。

醉汉踉跄地离开酒馆，梅花心事重重的样子被穆枫察觉到。

"要不我们跟过去看看吧。"穆枫微笑着抚弄了下梅花的头发。

"嗯，好。"梅花紧皱的眉头舒展开了。

梅花和穆枫小心翼翼地跟在醉汉身后，跟了几条街，醉汉拐进一条小巷子，然后消失不见。

穆枫和梅花四下环顾，试图寻找醉汉的身影，忽然从他们身后的墙内传来孩童被打哭的声音。穆枫踹开了门，醉汉正举起木棍朝小男孩身上打去，梅花一把抱走小男孩，穆枫和醉汉厮打了起来。

"你带他先走，去约好的地点等我！"穆枫对梅花喊着。

梅花有些不忍心留下穆枫一个人，穆枫的态度却非常坚决，而且醉汉越发疯狂，梅花和小男孩留下来只会让穆枫分心。

"我在那里等你！"

说完梅花抱着小男孩冲出院门，跑到了警察局报了警，警车赶去现场，逮捕了奄奄一息的醉汉。

被家暴的小男孩得救了，但梅花在院内没有发现穆枫的身影，便悄悄离开警察视线，跑到了他们之前约好的芦苇边。梅花猜想穆枫一定是在那里等待自己，可是梅花到了那里却不见穆枫，梅花左等右等眼看要到约定的时间了，穆枫还是没有出现。

突然，天空中一道巨光闪现，梅花来不及挣脱开巨光的力量，直接昏厥过去。

23

从未出现过的人

梅花努力睁开眼皮，脑袋一阵眩晕，心里恶心，这感觉痛苦得要死。梅花起身跑到卫生间吐了起来，一阵呕吐后，梅花蹲坐在地上站不起来。身体稍微舒服了些，自己这是在哪里？自己的家吗？不对啊，怎么会在家呢？不是应该回到科技馆的实验室吗？怎么……怎么会回到自己家里呢？

梅花眼前一阵阵天旋地转，有点视线模糊，但还是努力找到手机，拨打了一串号码。

"您好，您所拨打的电话号码是空号，sorry……"

梅花听着电话那头传来的自助语音有些不敢置信。空号？怎么可能？明明早上穆枫还用这个号码叫自己起床下楼，怎么会就变成空号了呢？

梅花头脑里闪过无数的问号，只是这一刻她更加恶心、眩晕了，难道这就是时空之旅的后遗症吗？这身体反应也太严重了，梅花又冲进厕所吐了起来。

在梅花彻底晕倒前，梅花看到梅姨和梅小妹回来了，二人紧张地扶起梅花。

"你怎么那么傻呢，竟然吃安眠药自杀，你这样让我们可怎么办啊！"梅姨埋怨着昏厥的梅花。

梅花再次睁开眼时已是在医院的病床上，梅姨和梅小妹在床边用关切的眼神看着梅花。

"醒了醒了，你快进来啊！"梅小妹大声冲门口嚷嚷着。

梅花眼神突然变得很急切，是穆枫吗？

"穆枫……穆……枫……"梅花虚弱地强撑起身体坐起来，头使劲儿地看向门口。

这时从门口冲进来一个人，说道："梅花，你怎么样了，没事吧！"

梅花仔细一看，进来的人竟是楚森。梅花有些失望地垂下了眼帘，她想知道到底发生了什么事，穆枫到底去哪了，还有自己怎么会出现在这儿？

梅花问楚森："你怎么会在这里？穆枫呢？"

楚森和梅姨、梅小妹三人面面相觑，似乎梅花问了一个很可怕的问题。

还是童言无忌的梅小妹先开了口，说道："梅花，穆枫是谁啊？你刚才睡着的时候也一直在喊这个名字。"

梅花带着讶异的眼神看着梅小妹，说道："什么？穆枫你不记得了？穆枫，是穆枫，你最害怕的那个人！"

梅小妹瞪大了眼睛，双眼画满了问号，说道："梅姨，你说梅花是不是被那些药弄坏脑子了啊？要不要叫医生再过来检查一下啊？"

梅花听到梅小妹的话情绪更难自控了，拉着梅小妹的胳膊，跟她讲述之前梅小妹和梅姨判断穆枫是从六维空间来的人，并且是来报复他们的，梅姨和梅小妹都被梅花莫名其妙的言语惊住了。

梅花看他们二人没给反应，便问楚森："穆枫，我的导师穆枫，你是他的助教啊！你记不记得，记不记得啊……"梅花情绪更加激动了，似乎随时都要哭出来。

楚森嗯嗯地敷衍着，给梅姨使了个眼色，梅姨悄悄去叫医生了。

楚森这边安抚着梅花，说道："对不起，都怪我，不该和你吵架的，我和毛海蓉真的什么都没有，因为她知道她被付建包养的事是你爆的料，所以她故意设计，让你看到她趴在我肩膀上，这一切都是误会。我没想到你会连解释都不听，更没想到你会因为这件事吃安眠药自杀，对不起，梅花，是我错了，是我没有及时跟你道歉，你这样我也很心疼，很难受啊……"

"我自杀？吃安眠药？因为你？这都是什么啊？"突然，梅花脑子又袭来一阵眩晕感，只觉得太阳穴痛得要炸裂，一系列像放电影般的画面一股脑儿地涌入梅花的脑子里。

梅花明明记得脑海中之前是完成了报复计划一、二、三、但一些新的记忆突然出现。她的导师付建和毛海蓉偷情的事虽被梅花和梅姨联手曝光了，但是他并没有离开学校，而且通过毛海蓉私下的调查竟然查到了是梅花做的，所以付建和毛海蓉联手欺负、陷害梅花，同学们更加不敢和梅花交往了，都像躲瘟神一样躲着她。只有楚森对她情深依旧，但是梅花竟然在图书馆看到毛海蓉趴在楚森肩膀哭，梅花想到学校里受到的这些刺激，再加上刚刚出狱的父亲来要钱，不给钱就威胁要弄死梅花，梅花受多方压力刺激下选择了吃安眠药自杀。

梅花不敢相信，这是她的记忆吗？那之前的都是假的吗？付建还在，学校里也没有新来的老师，难道穆枫真的就这么凭空消失了吗？

这时候大夫和护士也赶来了，梅花被打了镇静剂，逐渐安静了下来。

医生和梅姨、楚森他们解释，梅花大概是因为服用过量的安眠药，导致精神暂时错乱，不要再刺激病人的情绪，要让她静养，并且建议她去挂个心理门诊，针对抑郁和躁狂的情绪进行深度治疗。

医生嘱咐完便离开了，只剩下周围人用担心的目光聚焦在梅花身上，梅花的眼角不禁流下了眼泪。

第二天一早，梅花便一个人悄悄地出院了。

她坐在出租车里，在此之前，她悄悄溜进了学校档案室，

23　从未出现过的人

"穆枫，查无此人。"这是档案室电脑机器上显示的。梅花也通过手机查了穆枫的车牌号，根本就没有这个号码的相关记录。

出租车在一个荒无人烟的地点停了下来，梅花下了车，这是她凭借着记忆找到的，他记得那天穆枫开车带自己到了这个地方——科技馆，这个让穆枫突然消失的地方。但眼前的景象和她脑海中的记忆完全不同，这里并没有什么科技馆的牌子，窗户破碎不堪，连个大门也没有，似乎荒废了许久。

梅花进里面转了一圈，除了蜘蛛网和多年积攒的垃圾、尘土，其余什么都没有。

"怎么会这样？穆枫，你来过的，对不对……"梅花在这座废墟里呼喊着。

屋外传来一阵急促的脚步声，梅花觉得是穆枫回来了，赶忙擦干眼泪冲出去看。

"梅花！你怎么跑这儿来了！你身体还没好呢，不能出院啊！"是梅姨，梅小妹气喘吁吁地跟在梅姨身后。

"是啊，梅花，你怎么这么不乖啊，你这样没有糖吃了哦！"梅小妹也略带责怪的语气，但听得出来，语气中更多的是想表达关心。

"是我的记忆混乱了吗？他真的是从未出现过的人吗？那为什么我的心会这么痛呢？"梅花无力地坐在地上，依偎在梅姨怀里，大声痛哭起来，这个时空里似乎已经没有穆枫的任何痕迹了。

24

新的开始

清晨一抹阳光透过窗子洒了进来，梅小妹揉揉眼睛醒了过来，一股香味飘了过来，梅小妹兴奋地下了床，跑到桌子边，是梅小妹最喜欢吃的烤冷面，里面搭配了足料的洋葱和香菜，看得她口水直流。

"梅花，快起来，梅姨给我们做好吃的啦！"梅小妹忍不住拿起筷子，但小学的教育让她不敢没礼貌地伸手去夹菜。此刻，口水已经流成"河"，多一秒钟在梅小妹这里都是煎熬的等待。

"小傻瓜，快吃吧，梅花已经去学校了，这些都是给你做的。"梅姨从厨房里又拿了杯温开水放到梅小妹面前。

梅小妹这才注意到床上梅花的位置是空的，问道："她去学校了？她的病好了吗？"梅小妹已经迫不及待地动筷了。

"应该是好了吧，希望是吧！"

梅姨想起那天梅花在废墟里绝望的样子，不禁有些心疼，她怎么会伤心成这个样子？自从梅花这次吃安眠药自杀，醒来

24 新的开始

后,她们三人之间的感应就都消失了,好像有哪里不太对劲儿,但是梅姨也说不清楚到底是哪里出了问题。不过梅花已经答应了她和梅小妹,不会再自杀了,她会好好重新开始自己的人生的。

窗外洒进来的阳光,已经秋天了吗?这阳光怎么会有股寒意呢?

梅花到了学校,楚森正背着书包在学校门口徘徊,见到梅花,楚森便迎了上来。

如果是以前,梅花应该会很开心,这个男人是她曾喜欢过的人,过去的梅花内心孤独,对楚森更多的是委曲求全的付出和依恋,直到他和徐琳珺的感情被梅花发现,这才让梅花彻底断了这份畸形的依恋。现在的她对他已经没感觉了,即便这个男人再爱她、对她再好,她都是没感觉了。因为从穆枫闯进她生活里的那一刻开始,她的眼睛里再也看不到别人了,梅花坚信自己没疯,穆枫曾经是那么活生生地在她身边出现过,就算现在这个时空里没有了他的痕迹,他依然在她心里。想到这里,梅花微笑着摇摇头,她也没想到自己竟然爱穆枫爱得这么深。

"梅花!"楚森跑了过来,刚要张嘴说什么,梅花直接打断了。

"楚森,我想有些话我还是需要跟你说清楚,我现在还解释不清楚到底发生了什么事,但是我可以很确定一点,就是我对你没有感觉了,我想我们的关系就到此为止,我希望你可以过得幸福,是真心祝福你。不要有任何负担,至于那个吃安眠药的事儿,这事儿跟你没关系,别放在心上,咱们以后还可以做朋友。"

梅花很淡定地说完准备要走,却一把被楚森拽住了胳膊。

"你是不是还在生我的气啊?我都跟你解释了,我跟毛海蓉真的不是你看到的那样,我们什么都没有!"楚森越说越急。

"跟别人都没关系,楚森,对不起,是我的问题。"

"别走……我到底哪里做错了?你有什么不满意的我改还不行吗?"楚森几近哀求。

"楚森,我是认真的。"

楚森大概从没见过这样的梅花,她的眼神是如此的坚定,她也不再是那个慌乱懦弱的小女孩了,这真的是他认识的梅花吗?他第一次觉得他或许以后都要失去她了。

梅花缓缓地推开楚森的手,楚森呆呆地站在原地,他似乎找不到任何阻拦她离去的理由,这到底是怎么回事,楚森想不明白。目送着梅花离去的身影,突然楚森觉得浑身无力,一阵天旋地转般的头痛。

进了教室,梅花想起来这节课是大课,所以教室里也有很多上进修班的人来蹭课。梅花四下看了看，她刚想和本班同学打招呼，但突然想起来在现在的这个时空里，在毛海蓉的唆使下大家是不会理她的，梅花便收起了自己的热情。这时候，梅花看到落单的康俊男一个人坐在教室后面，他身边的女生正收拾书包准备起身离开，女生还时不时地用轻蔑的眼神瞟着康俊男，康俊男这边脸色似乎也不太好看。

梅花走了过去，说道："我可以坐这里吗？"

康俊男坐在原座，一脸惊讶地看着梅花，在这个班里，他们几乎没怎么说过话，平时大家见到她也都是绕道而行，但一想到梅花现在和导师付建、毛海蓉他们闹得很僵，康俊男很是犹豫，但又看了下那个正收拾东西轻视自己的女生，康俊男似乎下了决心一般，对着梅花狠狠地点了下头。

梅花微笑着对那个女生说了句："那就不好意思喽！"

女生觉得被人撵走一样，很是没面子，便挖苦了起来："切，我还不想坐这儿呢！跟这么一个娘娘腔坐一起，也不怕让人笑话，想想我都嫌恶心。"

梅花也来了劲儿，说道："姑娘，我看你颜值挺高的啊，怎么说话就这么不中听呢？亏你还是学电影的，懂不懂得尊重人啊，每个人生来都是平等的，不同的人生经历锻造了不同的性格，你不懂得欣赏是你没品位，这样出口伤人可跟你美女的人设不符啊！"

说到后面，梅花故意提高了音量，周围人都看了过来。这

◇ 我和我生命的延续

小姑娘被这么一说有点招架不住了，收拾东西气急败坏地出了教室。

梅花坐了下来，康俊男一直低头，情绪非常低落。

"一直都是你给她占座吧？"梅花若无其事地问康俊男，康俊男没有回答。

"这节大课人向来多，旁听生和进修班的都会涌进来，不占座就只能站着了。每次都是你先来给她占好座，只是她不知道而已，对吧？"

"刚才很感谢你帮我解围，但是这不代表我们可以继续交流。"康俊男发出娘娘的声音，言谈之间有些警告和敬而远之的意味。

"放心，我明白，我不会给你带来麻烦的，就这一节课我坐这儿。"梅花打开课本，摆弄着铅笔。"话说你是不是喜欢她啊，然后告白没成功？"

康俊男抿着嘴投来愤怒的眼神，梅花也觉得自己有点太欠嘴了，赶紧捂住嘴巴，说道："好好，我不问了，上课，上课……"

嘴上这样说着，但是梅花还是暗地里偷笑。看到康俊男，她就会想起那时候穆枫还在，班级同学都和她和解了，她还和康俊男成了好朋友。康俊男和梅花说过他有个喜欢的人，但是对方嫌弃他不够爷们儿，他连表白的勇气都没有就放弃了。现在想想估计就是刚才那个姑娘了，真没想到康俊男也有这么用

24 新的开始

心的时候。

上课时间到了,门被拉开,走进来的不是老师,竟然是付建的老婆,身后依旧是跟着几个壮汉。

"谁是毛海蓉!"其中一个壮汉踹了一脚桌子大声喊道。

天哪!这怎么跟那次课堂上毛海蓉被抓包的情景一模一样,看来这时空里除了抹去和穆枫相关的痕迹之外,其他还是一切照旧。梅花突然想起来,这之后便是毛海蓉的不雅视频被公布,梅花紧锁眉头,不对啊,上次是和梅姨一起来的,难道……梅姨也在这个教室?

这时突然一个声音从远处传来,"带粉色蝴蝶结,倒数第三排最左边的那个!"毛海蓉瞄了一眼,教室里人太多了,她根本分辨不出是谁的声音。

梅花顺着声音看去,一个熟悉的身影正悄悄从后门走进教室,是梅姨。梅花对梅姨使着眼色,梅姨也注意到了梅花,一点点挪到了梅花的座位边上。

"你怎么在这里啊?"梅花小声地问着梅姨。

"我来看看你怎么样啊。"梅姨像做贼一样关注着毛海蓉那边的动向。

"胡说,你以为我不知道你为什么来,上次就没能阻止你,这次决不允许了,这件事情你不许再掺和了。"梅花小声警告着,"你待在这里,什么都不要做。"

此时,毛海蓉已经被拎了出来,付建老婆上去就是给毛海蓉一巴掌,拿着手机质问她:"你要跟我老公在哪儿见啊!小婊子!"

"你是谁啊,我根本就不认识你!"毛海蓉心虚,"你们敢公然在学校打人,还有没有天理了,大家快点报警啊!"但看到这架势,没有一个人敢搅和进去。

"天理?你勾引别人老公的时候怎么不想想天理,今天我就让你知道婊子的下场!"付建老婆拿出手机就要拨打电话,梅花走到付建老婆身边一把夺过手机,教室里的人都替她捏把冷汗。

"你是谁啊?我的事你也敢管!把我手机还给我!"付建老婆一副中年女人发飙的样子,甚是凶狠可怕。

"没有,别误会,"梅花压低声音,"我知道您是谁,但您想啊,这节可是公开课,这里还有很多校外的人,一旦闹大了,这付老师还怎么在学校混啊?您选择在这个人多嘴杂的时候,是真的不太合适啊,为了付老师,您好好想想。"

付建老婆有点被说动了,看了看教室里的人,一想到自己老公还得在这个学校留任,也确实不适合闹太大。

"小婊子,我今天就饶了你,从今以后给我老实点,再让我发现一次我打折你的腿!"付建老婆留下警告的话后,带着人一摔门离开了。

毛海蓉跪坐在地上,吓得直哆嗦。梅花走上前扶起了她,毛海蓉定睛一看是梅花,直接甩开梅花的胳膊,收拾书包跑出了教室。

24 新的开始

下了课,梅姨走在梅花身后很不高兴,梅花见状拉起梅姨的胳膊,说道:"好啦!不要生气了好不好?"

"你再这样,我们还怎么进行复仇计划!"梅姨还是很生气,但态度有所软化。

梅花有些沉默,过了一会儿说道:"梅姨,咱不复仇了。"

"什么?那我们来是干什么的呀!"

"梅姨,让我们好好珍惜在一起相聚的时光,我很开心能有你和梅小妹在我最无助的时候,出现在我身边,我真的很幸福了,其他对我来讲都不重要了。"

见到如此认真的梅花,梅姨也感觉到有些奇怪,问道:"梅花,我怎么觉得你有些不太一样了呢?"至于是哪里不一样,梅姨也说不清。

梅花心里很清楚报仇的滋味,上一次她以为报复了付建和毛海蓉,自己的心里会很开心,可是事实并非如此。当她看到毛海蓉的视频被公布后的落魄,梅花只是觉得不忍心,同样是女孩,自己却对另一个女孩做出这么残忍的事,自己不应该这样。无论毛海蓉和自己有多少心结,这种互相构陷对方的手段实在不高明,以前的梅花无法接受现实里导师和同学对自己的冷落,自己内心自卑、缺乏关爱,但现在不同了,她已经感受过来自同学们、梅姨、梅小妹还有穆枫的爱了,她的内心正在变得越来越强大。

25

辞职

"喂,是梅花吗?"

清晨,一个男子的声音从电话那头传来,梅花躺在床上,揉了揉眼睛,看了下电话号码,这个号码似乎有点眼熟。

"我是,你是?"

"哦,我是康俊男,你还没睡醒吧,打扰你休息了。"

"没事没事,怎么了,有事吗?"

"嗯,今天中午咱班几个比较要好的同学要聚下餐,我想邀请你一起来,不知道你有没有时间?"

"我吗?"梅花觉得有点不可思议,这班里的聚会什么时候叫过她。

"嗯,不知道你有没有时间参加?如果今天不行,咱们改天再约也可以。"康俊男似乎觉得这样的邀请有点过于唐突,所以也赶紧找台阶下。

"有时间,在哪儿?"

"就在咱们学校四季餐厅二层,我们订的包间,十一点半人到齐。"

"好的,准时见。"

"哎……对了,嗯……你昨天……很帅……"康俊男很犹豫地说出了这句话。

梅花心想:很帅?估计是指自己昨天替康俊男出头的事。

"哦,没什么,我也是看那女生对你有点过分了,才说她两句的,别放在心上。"

"我指的是……毛海蓉的事,你是当时唯一敢站出去的人,真的很帅。"

"哦,这件事……嗯……谢谢你的夸奖。"

"好了不闲扯了,中午见。"

"好,中午见。"

挂断电话,梅花在床上慵懒地伸着懒腰,梅小妹也睡醒了,爬了起来。梅姨已经准备好早饭,梅花看到餐桌边的写字板上还写着复仇计划,梅花走过去将写字板上的字都擦掉了。

梅姨自然是反对的,她原本已经计划好了怎么报复女主编陈红,但被梅花彻底叫停了。报仇如今对梅花来讲真的没什么意义,这些已经不再是她内心的牵绊,不在乎也就都不重要了。梅花能和梅姨、梅小妹这样吃着早餐,享受这种关爱就已经很幸福了,至于其他的,梅花对梅姨保证,她自己可以独立解决好。

吃完早饭，梅花收拾好背包便出门了。

梅花下了公交车，径直来到女主编陈红的办公室。梅花刚一敲开陈红的门，竟发现里面会客的沙发上坐着两张熟悉的面孔，大导演李凯和他的小助手。梅花刚要打招呼，但一想到当初和李凯认识是通过学校的麦斯节颁奖典礼，而如今的李凯并不认识梅花，梅花只好装作不认识的样子。

陈红见到梅花有些急了，问道："你怎么来了？"

"哦，陈主编，找您有点事儿，我们外边谈吧。"梅花面对这样的陈红，早已有了心理准备。

"没看见我这儿有重要客人吗？你先出去，一会儿再说。"陈红想赶紧打发了梅花。

"那好吧，这是我的辞职信，给您放这儿了，我走了。"梅花将辞职信从包里拿出来，其实这份工作也不算正经，只是梅花想给自己在这间公司这么长时间的努力一个最后的交代。

"哦，辞职？嗯，放这儿吧。"陈主编似乎放下心来，嘴角上扬一丝得意的微笑。

梅花鞠躬致谢准备离开，李凯的小助手开了口："哎，你是不是叫梅花？"

梅花很好奇，这个小助手怎么会知道自己是谁？难不成他也和自己一样有双重记忆？

"啊，是。"

李凯给小助手使了个眼色，小助手拿出一张名片，说道："这位是李凯导演，我是他的助手，这次我们是来跟陈主编聊《挚爱》这个故事的版权的，也希望你有时间能参与我们公司的项目。"

陈主编沉不住气了，说道："哎，她啊，在我们这儿就是什么都不懂的一个小屁孩，去了只会给你们添麻烦，我这儿有几个不错的新人都可以推荐给你们。"

李凯掐灭了雪茄，说道："陈主编，今天就到这儿吧。"

"哎，咱们还没聊呢，这什么意思啊？"陈红感觉形势不对，明显急了。

"《挚爱》是怎么回事，你觉得我不会调查吗？我要的是真正的人才。"听李凯这么说，陈红心一惊，《挚爱》的原作者确实是梅花，这个李凯真是来者不善。

李凯起身，说道："好了，话就说到这儿吧，再说下去就不好听了，先告辞了。"

经过梅花身边时，李凯对梅花点了点头，梅花也礼貌性地回敬。

李凯和他的助手离开了，陈红一屁股坐在椅子上，她当然生气，这笔账看来也要算在梅花头上了。

"你是故意挑今天来的吧？是你爆料给他们《挚爱》的事？我上辈子欠了你什么啊，大冤家，你要这么整我！"

梅花不想和陈红纠缠，刚想离开，但陈红抢先一步关上了门。

"怎么？要动手吗？"梅花语气冷静，眼神丝毫不畏惧。

陈红倒是被这句话吓到了，梅花不一直都是那个唯唯诺诺的梅花吗？怎么突然变了？一定是仗着李凯给她撑腰。陈红越想越气，直接一巴掌打到了梅花脸上，梅花的脸被打得生疼，紧接着梅花也狠狠地回击了陈红一巴掌。

"你敢打我？"陈红眼睛瞪得老大，要吃人一般，她哪吃过这亏。

"我打你，是因为你动手在先，这一巴掌我必须回敬你，否则回去我没法和梅姨交代。但即便是这样，我也要告诉你，我根本就不想和你计较这些。我今天来辞职就是想了结这些无厘头的恩怨，但没想到赶上这么一出戏，真是够无聊的。"

说完梅花就想开门往外走，但又被陈红一巴掌拍在门上。

"打完人还想走，你当我好欺负是不是？"

眼见陈红开启不讲理模式了，梅花知道自己是轻易出不了这个门了。

"你……真是蛮不讲理！"

"你说谁蛮不讲理，你给我把话说清楚！臭不要脸的！"

"爆什么粗口啊！好，今天我就跟你说道说道。"梅花把包往沙发上一扔，"陈红你知道我为什么总是让着你吗？因为我是一个打工仔，我需要钱，我需要这份工作，所以我一直在这里，卑微地乞讨着这么一点点薪水，就因为我需要钱，我才一直忍耐着你一次又一次霸占我辛苦熬数个昼夜出来的作品，我奢求着你能给我一点希望，可你总是让我绝望，把我的稿费一次次找各种理由吞掉。陈红，我不是傻子，我只是活得太辛苦了，我需要这些钱才能苟延残喘地活下去而已，给我这样没家庭条件没背景的人一条活路就这么难吗？你知道你把我逼得差点上吊自杀吗？你心里的良知都去哪里了！"

"良知，这东西谁会有？谁还会有？"

梅花推开陈红，坐到了沙发上，说道："你知道我为什么会一直跟着你吗？很多年前，我曾在一本杂志上看过一个女人写的故事，她说她原本有一个非常幸福的家庭，有一个可爱的女儿，但是突然有一天，她出差提前回到家，故事就这么狗血地发生了，她老公和她的亲妹妹搞在了一起，一天之内她失去了两个最重要的亲人，她的女儿也被老公和妹妹抢走了，她被他们以各种诡计设计撵出了家门，原本幸福的家庭四分五裂，她也仿佛一夜之间看清了人世间所有的丑陋，但是即便这样，她也没有怨恨她的丈夫和妹妹，她说他们只是暂时迷失了，她依旧坚信善良可以唤醒他们的良知。这个故事熟悉吗？在我人生最灰暗难熬的时候，我看到了你的这篇文章，它点亮了我心里最后一盏灯，这也是我决定来这个地方工作的原因。但我怎么也没想到，你竟是亲手灭掉我最后这盏灯的人。"

梅花一阵苦笑，陈红尴尬地站在原地，她从不知道梅花来这里的原因,或者说她从来就没感兴趣过这个原因。陈红一直以为梅花就是一个闷不作声、呼之则来挥之即去、好摆弄的职场新人,她怎么也没想到梅花竟是因为自己的那篇文章……

"很意外吗?我也觉得很意外,今天第一次跟心里的点灯人正式说出来这些话,却是在这么奇怪的气氛下,算了,今天日子不好,出门没看皇历,我还有事就先告辞了。"梅花拿起书包要走。

"你恨我吗?"陈红用低沉沙哑的声音问道。

"以前的我会说不恨,但现在的我会告诉你,恨过。"

梅花绕过陈红,拉开了办公室的门离开了,她赶着去和康俊男他们聚会,这也是她原本的计划,关于辞职这件事,她知道她做对了。

一个星期后,梅花正在家中客厅修改剧本。

"梅花,有你的信!"梅小妹手里拿着一堆零食和梅姨进了屋,梅花注意到在梅小妹的零食堆里夹杂着一封正规信封纸,右上角还盖着一枚黑色的邮戳。这年头谁还用这种方式写信?太奇怪了。

梅小妹将零食一股脑儿地倒在沙发上,梅花抽出信打开,信纸上流畅优雅的字体呈现在眼前。

25　辞职

梅花：

你好！

我是陈红。我想你一定没想到是我给你写信吧？但这的确是我写的。

当你看到这封信的时候，我已经离开了这座城市，是的，我辞职了。

那天在你离开后，我一个人待在办公室里，过往如烟，一缕缕浮现在眼前。以前，我也是一个和你一样的傻姑娘，任劳任怨，从不计较得失，我以为这样的善良也会换来同样的善良，直到那场婚变让我看清楚了现实。

其实对于你看到的那篇文章，我想跟你说句对不起，我撒了谎，当时的我只是一味地想要得到杂志社的这份工作，因为我太需要这份工作了，我需要这份工作证明我不是个失败者。所以我拼命地攒稿子，我像在观众面前演戏一样编着我的故事，我把自己原本作为家庭妇女的怨妇身份改编成了一个励志的职业女性，我欺骗了老板说自己有多年的工作经验，我欺骗了读者说我心里还有善良，然而那时候的我已被仇恨蒙蔽了双眼，没了良知。

现在回想自己那番胡言乱语，我真的要对你说声对不起，对不起，我的读者，我欺骗了你。是你让我第一次明白，这份工作的神圣，但很明显，我配不起这份神圣，这是我辞职的原因。

◇ 我和我生命的延续

　　以前看到你，就像看到过去的我自己，我恨，恨自己当初怎么这么没出息，这么懦弱，所以也不待见这样的你，同时我也真的嫉妒你，你让我看到一个真正有天赋的写手是什么样的，当然，现在我变得羡慕你，羡慕你的单纯。

　　梅花，谢谢你给了我勇气，我要去旅行了，周游世界一直是我的梦想，咱们日后江湖再见！

此致
陈红

26

相亲

梅花含着笑意把陈红的来信交到梅姨手上,然后就陪梅小妹玩游戏去了。

梅姨边打开信边好奇地问:"这是什么啊?"

"这是我给你的交代。"梅花调皮地笑着。

梅花正陪梅小妹尝试摆多米诺骨牌,突然梅姨的声音在她们身后出现。

"她辞职了?这真的是她亲手给你……给你写的?"

梅姨发出了惊呼声,梅花笑着点点头。

"天哪,你是不是有什么神通,能让她改变这么大,这可是陈红啊,那个坏透了的大主编,真是太不可思议了!"

"好了,梅姨,一会儿吃完饭我要出去一下。"

"去哪里?"

"去相亲!"

"啥?"梅姨不敢置信地看着梅花,"你跟楚森真的没戏了?"

"没戏了。"梅花笑着拉长声音回答。

"你跟我说老实话,是不是他做了什么对不起你的事儿,你告诉我,我给你报仇去!"梅姨一脸的严肃认真。

"哎哟,梅姨,你都快成复仇女王了!我真的没事儿,和楚森都说清楚了,你放心吧,再说今天相亲也不是给我相亲,你就别问啦!"

嘴上虽说让梅姨别再问,可梅花太清楚现在的梅姨并不是之前那个冷冰冰的梅姨,自从上次的安眠药自杀事件后,梅花和梅姨、梅小妹之间的感应就消失不见了,梅姨现在满脸写着对梅花的种种好奇。梅花当然知道自己是说不清楚的,本身这种消失的感应就是解释不清楚的事,再告诉她自己是经历了平行时空,同时拥有两种记忆,梅姨会信吗?梅花都能相信梅姨和梅小妹是过去和未来时空之旅而来的自己,那么梅姨也应该会相信自己双重记忆的事吧?不对不对,上次梅花跟梅姨和梅小妹说起穆枫,他们都以为她被安眠药烧坏了脑袋,如果再提起这件事,他们肯定以为梅花又犯病了,算了,解释不清楚。

或许是想到梅姨还要继续没完没了地追问相亲的事,趁梅姨没反应过来,梅花索性背着包穿上鞋子,赶紧跑出了门。

梅花来到约定的餐厅,在门口见到了楚森,楚森背着书包原地徘徊,仍然一副想不通的沮丧模样。

"我还是不明白,你为什么要和我分手。"楚森瘪着嘴。

"哎哟,好了,大哥,今天我是来帮你相亲的,你就别再一副苦瓜脸了。"

"电话里我就跟你说了,我不同意相亲,你这分明是在打我的脸,无情地往我伤口上撒盐。"

"你再说下去,我就真想再多给你撒几把。"

"为什么多撒几把?"

"这样你疼晕过去,就能彻底闭嘴了。"

楚森像个小孩子似的,鼓起腮帮子表示抗议。梅花看了下表,已经到了约定的时间,她拉着楚森就往里边走,楚森自然百般不愿意,但还是拗不过梅花被拉进了餐厅。

"去吧!"

"去哪儿啊?"楚森一头雾水。

梅花凝视斜前方,用下巴指了指,楚森顺着方向看过去,一个一头披肩栗色直发的女孩坐在靠窗的位置,一直在看向她旁边的餐桌。

"她就是你的相亲对象,快去吧!"梅花把楚森硬生生推了过去。

楚森很不情愿地走到栗色头发女生身边,桌子上已经上了满满一桌子菜。楚森在她对面的椅子上坐了下来,女生把视线从旁边餐桌移到了楚森身上,楚森一副不太情愿的样子。

"你谁啊?"栗色头发女生开口问道。

"有人安排我过来相亲的,我来呢,是想把话说清楚,我现在心有所属,没办法跟你相亲,出于绅士礼貌这顿饭我请了,但是我们就当作没这回事吧,来这儿纯属完成某人布置的任务。"楚森语气生硬地回答。

"相亲?"女生一脸疑问。

"对啊,难道……"楚森看到女生完全不知情的样子,才意识到可能哪里不太对劲,下一句话还没来得及问出口,女孩就急了。

"这位同学,你是不是哪里搞错了?对,今天确实有个相亲,不过主角不是我,我是陪我妈妈来的,她就在隔壁桌。"女生示意隔壁餐桌,一对中年男女正在有说有笑地用餐,"那个女人就是我妈妈。"

楚森尴尬至极,急忙搜寻救星梅花的身影,可是梅花早已躲在角落里藏了起来,楚森没看到梅花,赶忙和眼前这个姑娘道歉。

"对不起,对不起,肯定是哪里搞错了,太抱歉了啊,我这也太鲁莽了,这顿饭我请,你慢用,我先走了!"

楚森从衣服口袋里掏出二百块钱放到桌上就要离开,忽然一把被栗色头发的女生按住,女孩故意压低了声音,说道:"别动,帮我个忙,就当你为刚才的过失道歉吧。"

楚森本就一脸歉意,欣然接受了女生的要求。

"但是,要怎么帮?"

"低头,吃东西。"

"啊?"

"快!"

楚森虽然搞不清状况,但还是按照女孩说的去做了,拿起筷子夹着菜。

这时,旁边桌的中年女人走了过来。

"你怎么在这里?"中年女人问栗色头发的女生。

"这是我男朋友,我们来约会的。"女生拉着楚森的手回答道。

中年妇女一把扯开了他们,说道:"胡闹!回家去!"

"就允许你相亲,还不允许我谈恋爱了,凭什么?"女孩明显在和中年妇女置气。

"我真是头疼,不管你了,你爱怎么样就怎么样吧。"中年妇女生气地回到自己的餐桌上,和中年男人说了几句,便独自离开了。

栗色头发的女生走到中年男人身边,说道:"你的背景我已经调查过了,你离过七次婚,有两次诈骗前科,我劝你识相点,离刚才那个女人远一点,否则我不会放过你的。"

中年男人点了一支烟,吐了口烟圈儿,说道:"我不离远,你又能把我怎么着啊?小丫头片子,也不打听打听,还有我拿不下的女人?那个老女人我要定了。"

女生上去就是一巴掌抽在男人脸上,男人站起来就要回手,女生本能地低头闭眼躲避,突然男人的手在空中悬住了,女生睁开眼睛,是楚森扯住了男人的手。楚森把男人嘴里叼的烟拽出来在桌子上狠狠地掐灭了,中年男人当然也不让步,二人撕扯之间,服务员喊来了保安,几个彪形大汉进来,栗色头发的女生直喊害怕,并说中年男人要动手打她,保安们不由分说就将中年男人拖了出去。

楚森和栗色头发的女生回到了原位上。

"你没事儿吧?"楚森关心地问着。

女生摇摇头,说道:"谢谢。"

"哎,你不是说陪你妈来相亲的吗?怎么感觉她完全不知道你来啊?"

女生低着头,说道:"我是跟着她来的,因为她感情上总是被人骗,我就是来监督一下。"

"你跟踪你妈啊?"楚森的好奇心来劲儿了。

女孩瞪了他一眼,说道:"什么跟踪啊,是保护,不懂就别瞎说。"

"哦,保护保护,是我用词不当。那你这么当众揭穿这个男的,他不得变本加厉对付你啊?"

"我才不怕呢!"女孩很自信,"我把他刚才要打我的事儿告诉我妈,我妈就不会再理他了。我妈很疼我的,从来不会让别人碰我一下。"

"那你妈能信你说的话吗?"

女孩得意地从包里拿出录音笔炫耀,说道:"我录音了,证据都在这里。"

26 相亲

楚森被女孩单纯的模样逗笑了。

"这钱你拿回去，"女孩把楚森之前放到桌上的钱塞回他的衣服口袋里，"这顿饭我请。"

女孩收拾包准备要离开，突然回过头，说道："今天很感谢你，交个朋友，我叫徐琳珺。"

"哦，我叫楚森。"

"以后有机缘再见。"

"哎，你现在出去不安全吧，估计那个男人还没走远。"楚森示意了一下窗外。

徐琳珺一想也对，说道："那好吧，给你个机会，送我回家。"

楚森突然感觉欲哭无泪，但眼下这个情形，也只好答应了。

待楚森和徐琳珺相伴离开后，躲在角落的梅花才探出头。梅花心想，要是没记错的话，他们两个就是在这里认识的，然后很快就定情了。这些事情原本是围绕在梅花脑海里最痛苦的那部分记忆，那时候梅花发现了楚森和徐琳珺的事，楚森和梅花才说了实情，他和徐琳珺是在徐母相亲时意外结识的。梅花一个星期前查到，真有这么个专门靠相亲来诈骗的中年男人在暗中调查徐母，并得知这个男人特意定了这家餐厅，因为这是徐母最喜欢的菜系。于是梅花断定这个骗子男要行动了，便将计就计，特意用陌生的号码发信息给徐琳珺，把这个骗子的背景都发了过去，并在信息里建议一定要拿到证据再告诉她的母亲，这样她的母亲才会信任她所说的话。然后，梅花再在这个相应的时间让楚森出场，这样徐琳珺和她的母亲就都安全了。

一切都如预料地进行着，很顺利，至于楚森和徐琳珺，之前梅花能感觉到这两人其实是真的喜欢对方，只是他们都还不够成熟，由于自己的原因让三个人都很痛苦。以前的徐琳珺之所以会针对梅花，其实无非是因为徐琳珺太喜欢楚森了，所以像个霸道的小孩子一样守护着自己心爱的洋娃娃，幼稚地不允许其他人碰触，于是处处针对梅花。但这些"针对"对现在的梅花来讲，已经掀不起任何波澜了，即便徐琳珺曾用刀子伤害过她和穆枫，梅花都已经不去计较这些了，毕竟对于徐琳珺后来出现的偏激行为，梅花认为自己也要负一些责任。此时，梅花心里只是默默地祝福着他们，她知道穆枫一定也会认可她的做法。

正午的太阳暖意十足，梅花从餐厅角落看向窗外，正欣赏着窗外的景色，突然一个人影在窗外闪过，那个不是……良山博？梅花确定自己没有看错，于是迅速追了出去，可人影转眼就消失在街道之间了。良山博还在这个时空里，梅花似乎看到了一丝曙光，她要找到良山博，搞清楚那时候到底发生了什么事，为什么穆枫会消失在这个时空里。

27
危险关系

周一上午上课前,梅花刚要走进教室,就被康俊男很紧张地给拦了下来。

康俊男告诉梅花,教室里面情形不太对劲,毛海蓉带了几个社会人士到教室里,说梅花陷害她和付建,说证据就在她手上的 U 盘里,就等梅花来呢。康俊男拉着梅花的胳膊往外推,说道:"你赶紧溜吧,那几个社会人都五大三粗的,看起来不好惹。这个毛海蓉真是的,你上次那么帮她,她不领情还要回整你,真不是人哪!"

听到这里,梅花只觉得这个桥段有点熟悉,上次付建老婆来修理毛海蓉结果被自己打断了,现在变成了毛海蓉来修理自己,还带着 U 盘,难不成这个是时空里注定的劫,谁改变的就要谁来承担这个蝴蝶效应吗?还有那 U 盘里不会暴露梅姨和梅小妹相关的信息吧?上次爆料付建和毛海蓉的事儿,梅姨和梅小妹可是全程参与了,一旦被发现她们和梅花的身份,搞不好要被抓去做实验……不行,绝不能把她们置于危险之中。

梅花迅速给梅姨发了个信息，告诉梅姨爆料的事被毛海蓉发现，梅花担心殃及她们二人，让梅姨速带梅小妹离开家。然后，梅花转身对康俊男交代了两句，"放心，我会处理好的。"说完梅花便推门进了教室。

原本喧闹的教室在梅花进门的那一刻，变得安静异常。

毛海蓉坐在第一排，几个彪形壮汉在其前后或叼烟站着，或跷着二郎腿坐在桌子上。

毛海蓉见到梅花时冷笑着，说道："呦，你总算来了，阿加莎666，真是好名字啊！"梅花当然记得这个名字，那是当时梅姨在网吧匿名爆料付建和毛海蓉时随口起的。

"现在好戏可以开始了，你怎么整我的，我要双倍奉还给你！"说着毛海蓉拿着U盘走上讲台，讲台上连接大投影的电脑正在开机。

"喂，毛海蓉，这么做有意思吗？好歹上次我也算是帮过你吧，不能这么恩将仇报啊。"梅花很镇定地讲着道理。

"上次？你当我傻呀！你以为我看不出来你是故意来整我，看我笑话的吗？"

毛海蓉正说着，导师付建走了进来，毛海蓉更是得意起来了，因为她心里当然清楚付建是站在她这边的。

"怎么回事？"付建问。

"老师，你来得正好，我找到造谣和陷害我们的人了，今天我就在这里公开这些证据。"毛海蓉明显语气娇羞，康俊男正好进教室往自己的位置上走，听见毛海蓉这么说话，觉得自己鸡皮疙瘩掉了一地。

付建当然心知肚明，说道："哦？那还不赶快拿出证据，这种学校毒瘤，必须铲除！"

这时，毛海蓉已经打开电脑U盘的文件夹，梅花刚要上前阻止，突然教室外又闯进来一个人，直接按住毛海蓉拿鼠标的手。

"楚森？你来这儿干吗？"毛海蓉一脸惊讶地问，梅花看到楚森时也有些意外。

"毛海蓉，我劝你别太过分了，适可而止吧！"楚森眼神有些凶狠。

"你以为你谁啊？敢拦我，你们几个还站着干什么，赶紧的啊！"毛海蓉向那几个壮汉发出指令，几人很不情愿地走了过来，把楚森拉开，楚森的小身板当然敌不过他们。

"毛海蓉，你不要脸，我还要脸呢！"楚森在一边喊着。

毛海蓉冷笑着，说道："没工夫跟你鬼扯！这个文件夹里全部都是我收集到的证据，在网吧里有人用'阿加莎666'的名字发布虚假信息，散布付建老师和我的谣言，我找到了网吧的监控录像，让大家看清楚这个诬陷者的真面目！"

说着毛海蓉点开了文件夹里的视频，正当她得意时，突然所有人的视线都集中在了大屏幕上，并发出了惊呼声，付建也是张大了嘴巴,满脸吃惊。

毛海蓉感觉情形有点不太对,她回头看向投影,视频里根本没有什么网吧"阿加莎",而是播放的图书馆监控画面,毛海蓉正在没人的图书馆勾引楚森,甚至解开上衣扣子趴在来不及躲闪的楚森身上,从画面里能明显看出毛海蓉的故意为之。

一时间,教室也是炸开了锅,毛海蓉的阴暗丑陋面是彻底展露无遗了。

"大姐,你说你非要放这个干吗呀!我都说了你不要脸,我还要脸呢!"楚森在旁边说风凉话。

"你给我闭嘴!"毛海蓉开始翻弄电脑,突然发现电脑鼠标根本不听使唤,"谁黑进了这台电脑,是谁干的,是不是你!"毛海蓉愤怒地指着梅花。

梅花走上前去直接将电脑关机,毛海蓉还是不依不饶,梅花真的有些生气了,说道:"好了,毛海蓉,你不是看到我人一直站在这里,怎么会有机会黑进电脑?"

"不是你是谁!"

毛海蓉四下看过去,突然和付建的视线对上了,刚才的那一幕看得付建脸都绿了,这毛海蓉怎么说也是他的姘头,看到这画面他打心眼里不舒服,付建生气地拂袖而去。

毛海蓉一时傻了眼,想整梅花没整成,反倒把自己搭进去了。

这时,一个女生怒气冲冲地从教室后排走了上来,对着毛海蓉就是一巴掌，楚森和梅花都看傻眼了，但毛海蓉并不知道来者是何人。

"你谁啊！凭什么打人！"毛海蓉捂着脸冲对方喊道。

"你敢勾引我男人，你说你该不该打！"说完女生又是一巴掌扇了过去。

毛海蓉也想还手，无奈女生身后窜出来几个专业保镖直接制服了毛海蓉，这架势给毛海蓉花钱雇来的那几个社会混混吓得赶紧悄悄溜走了，毛海蓉愤怒地喊道："你有完没完，我又不认识你，还有你男人到底是谁啊！"

"他就是我男人！"女生指着楚森，楚森也是一脸惊慌，他刚想溜，就被女生拦住了。

"嗨，徐琳珺……你怎么在这儿呢？还……还带着保镖来……"楚森想起刚才徐琳珺打毛海蓉那两巴掌，可真够凶悍的，自己也吓得浑身哆嗦了一下。

"哦，我是来蹭课的，我妈妈怕上次那个骗子会来找我麻烦，所以给我配了保镖。楚森，你之前说的感情上的困扰就是指这个吧，放心，我给你处理掉。"

"这里是学校，你还敢乱来！"毛海蓉明显害怕了，身体有些发抖。

"你还知道这里是学校，就你干那事儿，你把这儿当学校了吗？对于你这种扰乱课堂秩序的人，就该把你交给学校保卫处处理。"徐琳珺转头对楚森小声说，"保卫处都是我熟人，我会替你好好教训她的。"

徐琳珺说完，直接让保镖把毛海蓉带出去了，楚森也紧随其后离开了。梅花刚要跟出去，上课的老师就来了，把梅花撵了回去。梅花之前被老师点过名，这么明目张胆地再翘课实在不妥，她只好先回到座位上，刚想给楚森发信息问情况，一想起徐琳珺刚才凶悍的样子，梅花就打消了这个念头，想起以前和徐琳珺那么危险敌对的关系，梅花决定还是等下课再问吧。

下课铃一响，梅花立刻跑出教室，一个人影从身后拽住了梅花的胳膊。

"梅姨，你来多久了？刚才那个视频是不是你干的？"梅花看到梅姨不像是刚到的样子。

"我只是让她长长记性。"梅姨一脸坏笑。

"梅姨，这件事本身就是我们有错在先，不能再这样错下去了。"梅花一脸凝重。

"你不会想去救她吧？不行，她这个人什么事儿都干得出来，太危险了！"梅姨一副坚决不同意的表情。

"梅姨，这事儿你别管了，我现在去找楚森。对了，刚才是你通知的楚森？"

"嗯，我让他帮我拖住毛海蓉一会儿，这样我才有机会黑进电脑做手脚。"

"可是那么短的时间你去哪找的图书馆的监控画面？"

"这个是在你上次吃安眠药的时候,我看楚森到底有没有说谎查到的,然后就顺手保存到电脑里了。"

梅姨说话明显有隐瞒,但梅花大概也能知道梅姨的小算盘,她大概早就等着这么个时机整毛海蓉呢。算了,以后再说这件事吧,现在还是救人要紧,徐琳珺那个脾气梅花可是领教过的,更何况现在她身边还有保镖,毛海蓉也没了付建这个后盾,指不定徐琳珺能干出来什么事儿呢。

梅花赶紧把梅姨打发回家了,一个人跑到了保安室。

毛海蓉一个人沉默地坐在保安室外的走廊上,身体依靠着墙壁,她的沉默异常可怕,让人不敢靠近。

梅花犹豫了一下,还是走了过去,坐在毛海蓉旁边的空地上。

毛海蓉冷冷地说:"我被开除了,你现在满意了?"

"你的事我会帮你想办法解决的。"梅花倚在墙上很累的样子。

"你?你觉得我会信你吗?"毛海蓉很无奈地笑出了声。

"毛海蓉,我都累了,你不累吗?"

"你知道当我听到学校领导对我说给我开除处分的时候,我有多恨你吗?"

"可以想象。"梅花换了个姿势,继续倚靠着白墙。

"但可笑的是,你也是唯一这个时候还愿意过来和我说话的人,"毛海蓉顿了下,仰着头,泪水似乎要一涌而出,"你知道我付出了多少,才进了这个学校吗?我不像你学习那么好,可以考进来,以我的能力,除了走后门就没有别的出路了,但走后门也要钱啊!我家里有两个弟弟和两个妹妹要养,父母也没什么工作能力,我出来上学家里本来就不同意,要不是我答应他们每个月都往家里寄生活费,他们早就让我结婚生子做个家庭妇女了。为了能出人头地,我是拼了命的,我不在乎和那些男人上床,只要能给我条出路,我一定会扑上去。可是,偏偏你这种人,明明学习很好,有能力有才华,却不知道争取和珍惜机会,只知道一味地放弃,我讨厌你!没错,每次看到你,我会很自卑,我这么卑微地残喘着,而你却总是轻而易举地处处胜过我,你说我怎么能容得下你?嫉妒心让我一次次突破底线,我控制不住地想整你、陷害你,我真的是太讨厌你了!"毛海蓉边说边激动地流着眼泪。

"谢谢你。"梅花给毛海蓉递过一张纸巾。

"谢我?你疯了吧!"毛海蓉带着气一把拿走纸巾擦鼻涕。

"谢谢你说你会嫉妒我,没有别的意思,是真的谢谢你。你知道吗?我之前还差点死掉了呢,就是……就是你们传的我抑郁自杀的那种行为。我之前总是一个人孤独地活着,到哪里都像个透明人一样,从来不知道有人会是从这种角度注意到我的出现。嫉妒我?竟然会有人嫉妒我?我真的不敢想象。你是第一个这样对我讲的人,我特别感谢你,没有其他任何恶意。"梅花笑着看着毛海蓉。

毛海蓉也慢慢冷静了情绪,说道:"像我们这样是不是都太傻了?"

"是挺傻的。"梅花说完,二人相视一笑。

卸下了所有的敌对,冰冷的走廊里传来阵阵笑语声,她们仿佛都回归到了最简单、最没有防备的时光……

第二天,毛海蓉退学了,梅花本来想让楚森找徐琳珺帮忙的,但被毛海蓉谢绝了。临走时,毛海蓉对梅花讲:"算了,我不恨你了。这句话也希望你对我这样讲……"

28
寻人

周末，梅花领了刚发下来的剧本稿费，和梅姨带着梅小妹出来吃麦当劳，梅小妹点了她最喜欢的大份薯条和可乐。梅小妹自从来到梅花这里，好像吃胖了不少，梅花一度怀疑，眼前这个小鬼头到底是不是自己小时候，没觉得自己小时候这么能吃啊！

"我是小孩，正在长身体呢，所以我得吃得多一点！"每次梅小妹都是这样解释的，梅花总是被梅小妹逗笑。可梅花一想到梅小妹回去后，要经历自己小时候的那些遭遇，不禁对眼前这个可爱机灵的梅小妹又多了几分心疼。

但随之，梅花突然想到，之前梅姨和梅小妹是因为自己要上吊自杀而出现，那么现在自杀的理由不存在了，他们为什么还会出现在这里呢？梅花被自己脑子里这个突然蹦出来的问题吓到了。

"梅花，怎么不吃了，想什么呢？"梅姨拿回餐盘后看梅花发呆，便拿了一个汉堡放到梅花面前，"你的，蔬菜的。"

梅花心不在焉地接过汉堡,说道:"谢谢梅姨。对了,梅姨,你和梅小妹是因为什么来的来着?我这脑子上次吃安眠药吃得有点不太灵光了。"

梅姨笑着说:"看来你真是吃药吃坏了脑子,当然是因为你常年顽固的情绪病犯了,想不开要上吊自杀,我和梅小妹为了拯救你,才到了你在的这个时空。"

梅花听到这里,稍稍有些放心,看来大方向还是没变,但梅花总感觉还有哪里不太对劲儿,但又说不清楚。

"那梅姨,上次我是又自杀了一次?就吃安眠药那次,是吗?"梅花为了搞清楚事情来龙去脉,很认真地发问。

梅姨看着梅花这样,直摇头,说道:"你也真好意思说得这么坦然,对,你又差点……"对于"死"这个字梅姨还是没说出口。

"哦,那之前,是不是还发生什么事了?你也知道,我当时记忆有些混乱,总觉得遗漏了什么。还有后来我们回家的时候,怎么家里会那么乱,是进贼了吗?"

梅姨和梅小妹互相对视了一眼,梅小妹问道:"梅花,这么恐怖的事情,你都不记得了吗?"

"啊?好像有一些零星的记忆,但是很模糊。没事啦,我就随便问问,这里的记忆有点卡住了……"梅花指着自己的脑袋故作镇定,但实际上却有些心虚,这种时空交错的记忆,她还真是有点记不太清楚了。

"是梅大鹏干的，他出狱了。"梅姨淡定地说着。

"啊？"梅花极为震惊，但令她震惊的不是梅大鹏什么时候出狱的，而是他什么时候入狱的。

记忆中，那时候父亲梅大鹏常年喝酒，打骂梅花，还总是向梅花要钱，在梅花想上吊自杀之前，梅大鹏还一直打电话找梅花要钱，可是现在梅姨却说梅大鹏出狱了，自己关于这段记忆怎么都没有呢？

正这样想着，突然梅花一阵眩晕头痛，耳朵一阵嗡鸣，关于梅大鹏的新记忆在脑海中更新浮现。

小时候，梅大鹏总是动手打梅花，梅花经常被关在屋子里，直到有一天梅花听到屋外一阵吵闹后，来了几个人，把喝得不省人事的梅大鹏带走了，梅花随后也被送进了儿童福利院。梅大鹏从那时起就坐牢，一直到前段时间才出狱。结果梅大鹏一出狱，就找到了梅花的住所，幸好当时梅姨带着梅小妹去红姨家吃红烧排骨，梅花也正在图书馆看毛海蓉趴在楚森肩膀上的那场戏，三人都不在家。梅大鹏等了半天不见人，于是把梅花的家砸了，他认为都是梅花害他坐了这么多年的牢，一定要找梅花好好算这笔账，并留下字条威胁梅花拿钱给他。自己当时回家看到梅大鹏的字条，再加上楚森和毛海蓉的事，那个软弱的梅花一时情绪失控就吃了大量的安眠药。这也正好成为现在的这个梅花出现的时间点。

这段记忆总算补齐了。可是梅大鹏怎么会突然坐牢的？难道穆枫的消失和这个事有关？梅花有一个大胆的猜想，会不会有这样一种可能，在诸多平行时空中，她之前所在的时空里的梅花由于那次时空之旅事故而消失了，本体无处可去，而这个时空里的梅花正好在自杀或许是已经死了，所以本体就被吸到这个时空里来，不知不觉地更替成了这个时空里的梅花，然后梅花的记忆也跟着不断更新，两个时空就这么融合了，是这样吗？对于这个大胆的猜想，梅花也颇为震惊。难道说自己是已经死过一次的人了？那穆枫现在是不是还活着，还是说他和自己一样也跟某个时空融合了？

这时，隔了几个餐桌的位置上突然传来争吵声，打断了梅花的思绪。

"就你这个破程序，设计得狗屁不是，还敢要三万块钱？你狮子大开口也得有点尺度啊！"

一个戴着眼镜，脑满肠肥的油腻中年男人，正在训斥坐他对面的人，从梅花的角度看过去，由于这个人正背对着他们这边，所以梅花只能大概推测油腻中年男对面坐着的应该是个年轻男子，平头，身穿着一套运动服，背着个双肩包。

"我真的很需要这笔钱，求求你……能不能帮我申请一下？"声音听上去确实很年轻，他低声请求着，但狡猾的油腻中年男并不买账。

"年轻人，别太贪婪，你去打听打听，除了我们会用新人,还有谁会收你的设计?就八千块钱,爱要不要!"中年油腻男拿出一沓人民币扔在桌子上。

"那我就先不卖了。"年轻人准备收起硬盘,却被中年油腻男一把按住。

"最多一万。"中年男人另一只手又从包里掏出了一小叠钱,然后把年轻人手里的硬盘硬扯了过去。

梅花看不到年轻人的表情,只见油腻中年男不太满意地离开了,年轻人也准备起身离开,刚站起来就不小心碰翻了桌上的饮料杯,年轻人急忙低头擦拭着,由于纸巾不够便转身走向点餐台问服务员要了两张。

当年轻人转过身时,梅花惊诧地发现此人不是别人,竟是良山博。虽然衣服装束和打扮不像之前见到的那样干净整洁,但这张脸绝对没错。

眼见良山博走出了餐厅,梅花赶紧回过神,跟梅姨和梅小妹交代说自己还有事要办,让她们吃完先回家,随后梅花便追了出去,但到门口时良山博又不见了踪影。

梅花站在街上四下环顾,这家麦当劳离上次带楚森来相亲的餐厅只有一街之隔,那次良山博也是在这附近消失的,他两次消失的方向都是在附近那条胡同。梅花分析清楚后,立刻朝胡同跑了过去,依稀看见前面有个人影拐进了另一条胡同里,梅花立刻跟上。

一进去竟发现一个人影都没有了,梅花正累得气喘吁吁,突然感觉有人用根棒子抵住了自己的脖子。

"你是谁?为什么要跟踪我?"

梅花慢慢转过身,发现此人正是良山博,说道:"是你!真的是你!太好了!"梅花激动地抱住了良山博,良山博被突如其来的熊抱弄得不知所措,赶紧推开了梅花。

梅花也意识到自己有些失礼了,但她实在太激动了,找到了良山博,就意味着离找到穆枫又近了一步。

"神经病!"良山博看到梅花的样子,以为遇到个精神不太正常的疯妇,便转身准备离开。

"哎哎,别走啊,良山博!我好不容易找到你,你这回可不能再跑了。"梅花上前抓住了良山博的衣角。

"你认识我?"良山博用狐疑的目光打量着眼前的陌生人。

"我当然认识你了,"梅花说到这里,突然想到时空融合的事,现在的良山博可不见得记得她,"哦,对,但现在你不一定认识我。"

"回家玩去吧,别在这儿疯言疯语的了,我没空陪你玩。"良山博明显很不耐烦。

"星球脑!你小时候在美术课上还画了一幅星球脑的画,那是你的梦想,你的老师当时还表扬了你,说你以后一定能当一个科学家。"梅花情急之下想起了曾经在科技馆里良山博介绍星球脑时说过的话。

良山博慢慢转过身,盯着梅花看,说道:"你怎么会知

◇ 我和我生命的延续

道的?"

"如果我跟你说,我是时空之旅事故导致时空融合来到这里的,你会信吗?"梅花用祈求的眼神看着他并希望对方相信自己。

良山博给坐在沙发上的梅花倒了一杯水,他的家有些凌乱,茶几上堆满了各种没拆封的泡面碗,床头柜上高高地摞着几摞书,基本上都是和电脑相关的书籍,衣柜边缘夹着没塞进去的裤腿。

"谢谢你能相信我。"梅花端着水杯,很感谢地看着良山博。

"怎么回事,说说吧。"良山博直接切入主题。

"穆枫……"梅花的声音突然变得很低沉。

"那是谁?"

梅花虽然已经料到良山博的反应,但她心里还是非常难受,这个离穆枫最近的人都不记得他了,自己还有机会再见到穆枫吗?但眼下也只能寄希望于良山博身上了。

梅花将在科技馆时空之旅的一系列离奇事故讲述给了良山博听,良山博听得也是直咋舌。

"他是我的老师,可是他现在却消失在这个时空里了……"

"老师?师生恋就师生恋嘛,这很难承认吗?"良山博觉得梅花有些刻意强调穆枫是她老师的身份。

梅花想起第一次见到良山博时，他也是这么说的。只不过那个良山博当时说的是"怎么每次都这么说"，难道……那个良山博是眼前这个时空之旅过去的人吗？天哪，这也太混乱了，梅花觉得脑细胞不够用了，她安慰自己肯定是自己最近经历的事情太多，所以思绪混乱了。

正当这时，几个穿黑西装的人闯了进来，直接把良山博按倒，梅花被喝止待在原位，她的内心惊恐万分。

门后进来一个身着休闲西装的中年男人，他嘴里叼着雪茄，当时在餐厅里的中年油腻男也跟在雪茄男身后。

"你小子敢拿个假硬盘骗我！"说着油腻男上来就是一巴掌，打到良山博脸上。

良山博斜视着对方，说道："是你太蠢！"

油腻男还想打，雪茄男摆手制止了他。

"跟着我吧，那个实验基地缺你这样的人才。"雪茄男开了口。

"诚哥，他可不行，这小子太狡猾了！"油腻男赶紧插话，但被诚哥一个眼神吓得憋了回去，诚哥吐了口雪茄烟圈儿，并示意让身边的几个打手放开了在挣扎的良山博。

"你的提案我都看过了，e时空计划和我们现在的研发方向非常符合。这里是一百万元，"说着，诚哥的手下拿出一个手提箱放到良山博面前，"我知道你需要钱，这些是定金。"

听到e时空计划，梅花眼前一亮，当时在科技馆里，良山博也介绍过这个 e 时空计划。

"要我跟着你也行，但我需要直接和你对话，免得耽误进度。"良山博瞪了一眼油腻男，油腻男还想反驳，但碍于诚哥的面子，只好作罢。

"行了，一个上百万元的软件被赵四用一万元买回去，你以为我看不出来你是在故意引我出面的吗？"诚哥的声音非常低沉。

"诚哥是个明白人，我这点小伎俩当然糊弄不了您。我也是为了进度着想，只好出此下策。"

"还有什么要求你就说吧。"诚哥气定神闲。

"合作需要讲求信任，您先让您的手下出去，我们需要借一步说话。"良山博提出要求。

诚哥的手下一副"你小子想得美"的架势，但还是碍于诚哥的魄力，挥手让手下在门外等候。

"现在可以说了吧。"诚哥又点了根雪茄。

"好，诚哥好胆量！眼下的实验需要绝对保密，我还需要一个可以做研究的实验室。"良山博提着要求。

"可以，正好我在×学校的图书馆地下建了这么个地方，里面都是最先进的设备，归你了。"

×学校不正是梅花所在的这所学校吗？图书馆地下还有这么个实验基地吗？她怎么从没听说过。

"我需要在那里不引人注意地进出。"良山博继续提着要求。

"这个好办,正好我姐夫他在那个学校,我让他给你办个挂职,肯定没人会查你的。"诚哥继续抽着雪茄。

"还有,这个人也要参与进这个项目。"良山博指着梅花。

诚哥看了一眼梅花,问道:"理由呢?"

"她就是 e 计划实验的成功品。"良山博指着梅花。

梅花简直不敢相信自己的耳朵,实验的成功品?眼前的良山博到底是个什么样的人?突然间,梅花只觉得眼前一片模糊,难不成是那杯水有问题,梅花浑身无力,彻底晕了过去。

29

失踪

在海边，梅花依偎在穆枫肩膀旁，伴随着夕阳，海风吹拂着海面，撩起梅花的衣角，穆枫微笑着轻轻抚摸着梅花的发梢。突然之间，海平面上一阵巨浪腾空升起，一只大手从海里伸向了穆枫，穆枫用力挣扎着，但还是被那只大手抓走了。梅花哭喊着，求着那只大手把穆枫还回来，空气中，只剩穆枫的余音：梅花，你要等我……

梅花哭着坐起身来，发现自己竟然躺在医院的单间病房里，刚才竟然是场梦。梅花拭去眼角的泪水，看着陌生周围的环境，自己怎么会躺在医院里？

梅花仔细回忆，对了，是良山博倒给她的那杯有问题的水，自己真是入了狼窝了，眼下这间病房是不是就是电影里演的那些活体实验基地？完了，自己这辈子算是彻底完了。

正在这时，有人推门进来了，正是良山博，他手上还是拿着一杯水。

"你这个浑蛋，亏我那么信任你，你竟然把我抓到这种活体实验的地方来了,迷晕人算什么本事,快把我放了!"梅花把枕头用力砸向良山博,良山博反应迅速,立刻躲开了。

"大姐,你电视剧看多了吧?不当编剧可惜了!"良山博有些不耐烦。

"我本来就是编剧,新手编剧!"梅花赌气地说道。

良山博咂了咂嘴,说道:"行,你赢了。不过请你仔细看看清楚,这里是正规医院,哪来的活体实验?"

梅花仔细看了下,确实不太像活体实验解剖的地方,说道:"那你为什么要给我的水里下药迷晕我?"

"我迷晕你?我闲的啊?是你自己晕倒了好不好,我真不该管你!"

"我……自己晕倒的?"梅花有点尴尬。

"医生说你身体免疫力低下,是不是之前乱服过什么药物造成的。"

梅花想到之前那瓶安眠药,估计是那个的后遗症吧,再加上最近到了大导演李凯的公司,加班熬夜赶剧本有点过度劳累了,看来是错怪他了。

"那你那时候为什么要我也参与进你们那个项目?你打的什么鬼主意?"梅花突然想起之前良山博和诚哥的对话。

"你动动脑子啊,你不是想见你的穆枫老师吗?那你不混进来加入实验研究,怎么能有机会再见到他?"良山博一副无语的表情。

"哦……"梅花下地接过良山博手里的水杯,"谢谢哦!"梅花若有所思,"不过我们学校怎么会有那么个实验基地,我竟然还从来不知道。"

"你们学校?你在那里上学?"良山博很诧异。

"是啊!"梅花喝了口水。

"诚老板的姐夫是那个学校的老师,已经给我办好了入职手续,本来还想着给你也办一个,没承想你竟然就是那个学校的。还挺巧合,哎,那你认不认识有个叫付建的?"良山博最后一句话一出口,梅花喝的水一下子喷了出来,喷了良山博一脸。

良山博非常愤怒,梅花赶紧用袖子给他擦了擦,说道:"对不起,就特别巧,那个付建是对我特别差的一个导师,所以我这一激动就,就喷了……对不起……"

良山博很明显不想再听梅花说任何话了,梅花感觉真的很抱歉。就在这个尴尬的气氛中,梅花的电话响了,是梅姨打过来的。

"你这是去哪了?给你打了那么多通电话你也不接?"梅姨焦急的声音从听筒里传来。

"哦,没什么事,我就是在外面有点事没办完。"梅花回得有些心虚,她怕梅姨担心,不敢让梅姨知道自己晕倒的事。

这时,良山博的手机也响了,是他给梅花订的外卖到了,他边接起电话边朝外面走。

"梅小妹失踪了!"病房内,电话那头传来了梅姨激动的声音。

梅花在病房内举着电话非常惊讶,说道:"什么?失踪了?我走的时候不是还好好的吗?怎么回事啊?"梅花一下子也紧张起来。

"我也不知道是怎么回事,我那会儿在红姨家,出门前梅小妹就在家里睡觉,结果等我从红姨那儿回来,就看到家里被翻得特别乱,梅小妹也失踪了。"

"那你报警了吗?"梅花非常着急。

"没有,我和梅小妹的身份在这个时空里很尴尬,报警的话涉及我们的真实身份信息,警察那边说不过去。"

的确,梅姨在红姨那办理入职手续时,编了个假身份,但警察可不像红姨那边好糊弄,像梅姨和梅小妹这样身份不明的,警察那边一定会怀疑。眼下如何是好?梅花也是心急如焚。在这个时空里,梅花和梅姨是梅小妹唯一的指望,梅花告诉自己一定要冷静下来,没错,梅小妹绝不会无缘无故地失踪,家里一片狼藉,这好像和上次的情况一样,会不会是那个人?

"梅姨,你不是网络高手吗?能不能调取一下家附近的监控设备,看看在那个时间段有没有一些有用的信息,还有,再看看家里有没有遗留下来的线索或者字条之类的。"

"好，我现在就查，但你这么说是有什么怀疑的对象了吗？"梅姨问道。

"会这么做的人，现在也就只有他了。"梅花逐渐冷静了。

"你是说……梅大鹏？"

"除了他还会有谁。"

梅姨也认为梅花的判断有道理，于是即刻黑进小区附近的监控设备，果然查到梅大鹏在那个时间来到过这个小区。二人挂断电话后，梅花换好衣服便出发赶往梅姨在网络上查到的梅大鹏所住那片区域的地址。良山博拎着外卖回来，却发现梅花已经离开病房。

梅花在一个荒废已久的平房区下了车，一下车便觉得眼下这里有点眼熟，但也来不及思考在哪里见过，因为她现在更担心梅小妹的安危，对梅花来讲，梅小妹早已如亲人一般了。

这里四处荒芜，杂草丛生，梅花一路沿边搜寻，时不时地回望，她总感觉有个身影在跟踪她，但实际回头却不见一个人影。应该是自己多心了，梅花这样安慰自己。这一路上梅花没有发现任何关于梅大鹏和梅小妹的痕迹，内心十分焦急，一个没注意，被脚下的空酒瓶子绊倒在地，摔得生疼。

梅花气急败坏地对着四周空地大喊起来："梅大鹏，你出来啊！你不是要找我吗？现在我就在这里，你倒是出来啊！"

梅花拿起空酒瓶子刚想扔到一边，突然觉得这瓶子有点眼熟，她端详一番，突然想起梅大鹏以前就偏爱喝这种酒，梅花小时候经常给他买，所以不会记错。照这个情况看来，梅大鹏应该就是在这附近了。

梅花内心又燃起一丝希望，她四下张望着。这时，离她不远处的一间房子里竟冒出了浓烟，似乎是着火了。突然一种不好的预感涌上心头，梅花急忙爬起来往着火的地方跑过去。

房间内外已是一片浓烟滚滚，由于这一片是荒废陈旧的老宅，早已无人居住，所以这一路梅花也没见到任何人影。梅花跑到着火的屋子窗外向里张望，只见一个小孩瑟瑟发抖地靠墙蹲坐着，梅花心想：梅小妹怎么会一个人在这儿？难道是梅大鹏想要放火烧人不成？

梅花拿出手机，却发现手机没有信号，估计是这一片已经荒废，所以手机信号没有覆盖。梅花在窗外叫着梅小妹的名字，可是梅小妹毫无反应。梅花跑到门口试图撞开屋门，由于力气过小，试了几次也没能撞开。她再次返回到窗户前，搬起地上的石头，朝窗户玻璃砸了过去，砸开后在外面将窗户把手拧开。

这一系列动作完成后，屋内的梅小妹还是没有任何反应，梅花想，梅小妹一定是受了不小的刺激，被梅大鹏吓坏了。

梅花从窗户爬进屋内，屋内的火势很大，梅花绕开屋内障碍物，跑到梅小妹身边，梅小妹眼睛直愣愣地盯着地上一动不动，梅花一把搂过梅小妹。

"梅小妹,你没事吧?"

梅小妹不语,受了重大刺激般的她,眼神木然地看向梅花。

梅花见状立刻将梅小妹从窗户抱到屋外,梅小妹的眼神却不住地看向屋内地面,梅花没有注意到梅小妹的这个异常举动。

到了屋外,梅花把梅小妹放在地面的石头上坐了下来,但梅小妹还是不说话。

"梅小妹……你还好吗?你倒是回我句话啊?"梅花边说边流出眼泪,心疼地把梅小妹搂在怀里。

梅花只觉得梅小妹手上湿湿的,她赶忙松开抱着梅小妹的手,梅花这才注意到,梅小妹的手腕在流血,脸色有些发白。梅花想掏出电话求助,结果看到手机才想起来没信号的事。

梅花立刻用手绢将梅小妹的手腕包扎起来,忽然听到一阵"咚咚咚"敲击的声音。梅花四下寻找声音的来源,最后锁定在着火的屋内。

梅花注意到,梅小妹的视线也是停留在屋内,梅花试探性地问道:"屋内……还有人?"

梅小妹依旧不语,但是视线看向了梅花。

"梅小妹,屋里还有人对不对?"梅花蹲下来看着梅小妹。

梅小妹的眼神似乎在等待什么。

敲击的声音依旧不规律地传来,火势越来越大,梅花认为不能再等了，救人要紧，她起身准备再次从窗口跳入。

忽然一只手拽住了梅花的衣角，是梅小妹。

"不要……不要进去……"

梅花停下来，摸摸梅小妹的额头让她放心，但梅小妹还是紧紧攥住梅花的衣角不放。

"里面是爸爸，我恨他，不要救……"梅小妹艰难地吐着这几句话。

梅花反复咀嚼着梅小妹的话，心想：里面是梅大鹏吗？难怪梅小妹会有这么大反应。这个男人以前总是动手打梅花，逼得她生无可恋，现在又这样绑了梅小妹，真是罪大恶极。梅花似也有些犹豫，但忽然脑海中一个人影闪过，是穆枫。梅花想起之前梅小妹见到穆枫时的恐惧，她能明白梅小妹当时内心的悔恨和自责，如果事发时有人能开导梅小妹，并让她做出不要后悔的选择，也许梅小妹会活得更快乐一些。

梅花救人的主意已定，眼神坚定地看着梅小妹，说道："我知道是他，梅小妹，你现在还小，等你长大了，我相信你一定会和我一样选择去救人。"

梅小妹低着头，说道："梅花，是爸爸把我抓过来的……我在睡觉，他突然就踢门进来，一看见他的脸，我就想起他之前总是喝多了打我，我好害怕他啊……我想跑，可是他抓住了我，我跑不了……然后，爸爸打，我跑，摔到头，好疼……他把我抓到这里来，绑住我的手脚，我趁他喝醉睡着想逃跑，打碎了酒瓶，用酒瓶碎片割断了绳子，不知道什么时候，酒、地上的炭火堆……就着了起来……火很大，我从地上爬上来，他抓我，我盖住盖子，好害怕……梅花……"梅小妹手里握着梅花的衣角越攥越紧，说道："我不原谅他，我害怕，他……打我，我害怕……"

梅花回身蹲下来，说道："梅小妹，人这一生要经历很多磨难才能长大，无论别人怎么伤害我们，我们一定要做到无愧于心，不要被仇恨蒙蔽双眼，也千万不要做让自己会后悔的决定，因为那样，痛苦就会一直折磨我们、纠缠我们不放，我们会活在无尽的恐惧和悔恨当中，你能明白吗？"

梅小妹犹豫了一下，然后慢慢松开了梅花的衣角。梅花安慰地摸着梅小妹的头欣慰地笑了，转身便再次踏进火海，梅小妹目送着梅花。

这时，天空中突然风云巨变，一道强光照射了过来，一切都静止了，大火似乎在这道强光中被隐去了，梅花顿感浑身无力，动弹不得。

在强光的照射下，梅小妹的身体越来越轻，忽然她开始向上飘浮，身体逐渐透明，在光下消失了。梅花强扭着身体，可是一点都动不了，她试图喊出梅小妹的名字，也无济于事，因为她发现自己竟发不出任何声音，梅花看着消失在空气中的梅小妹甚是绝望。

"梅花！"一个轻柔的声音出现在上空，梅花抬头看向天空，是梅小妹的幻影。

"梅花，保护你的使命我已经完成了，现在我要走了，谢谢你在大火中救了我，让我没有做出后悔的决定，也谢谢你给了我这么多快乐的时光，让我感受到了特别多的温暖。梅花，你要加油，我希望长大以后变成你，再见了！"梅小妹带着微笑说完，她的幻影便消散不见了。

梅花还是动弹不得，她使出最大的力气喊着梅小妹的名字："梅小妹，不要走……"

忽然又出现另一道强光，空中再次传来一个温暖柔和的声音："梅花，你好。"

梅花努力适应着强光，逐渐地老者的轮廓呈现在眼前，是一个身着白衣面容慈祥的老妇人。

时空契约者，梅花想要努力地说出这个名字。

"没错，我是时空契约者。你一定有很多的疑问，但现在，我还不能一一为你解答，如果你想要救穆枫，那么这一切都需要你自己去探寻答案，梅小妹是你开启的第一道门，她代表着你的过去，当你有能力接纳并化解过去的阴影和恐惧时，你的内心会变得越来越强大，去迎接更大的挑战，有更多的人需要你去守护。好好保重，梅花，我们后会有期！"

时空契约者说完便消失了，强光也消失了，梅花的身体恢复了行动力，对着天空开始大喊起来。

"喂，怎么这样啊？你说完就跑了，我还一句话都没说呢，这也太不公平了，最起码给我五分钟提问时间啊！"

梅花对着空气喊了半天，大火的温度又逐渐升上来了，刚才那道强光像一个保护罩一样隔绝了火焰的灼热，梅花此刻清醒过来，开始在屋内寻找着梅大鹏的下落。

地面上有一个通往地下室入口的盖子被锁头锁住，梅花找工具砸开，一打开盖子，一股热浪和黑烟扑面而来，原来地下的火势更加猛烈。由于屋内主要以木质结构为主，再加上年久失修，所以地下的火不知是怎么和地上逐渐连成一片火海，越烧越猛烈。

梅花将昏厥的梅大鹏从地下室拉了上来，但火势越来越大，窗户和门都已经无法接近，他们被困在了火海中，梅花在浓烟里不住地咳嗽着，身体也已经严重透支，瘫坐在地上。

突然听见一声男人的咳嗽声，是之前昏厥的梅大鹏醒了，他艰难地挪动了下身体。

"你怎么样了？"梅花用微弱的声音问道。

梅大鹏看清楚梅花时颇显恐惧，非常吃力地说："你是来杀我的？"

听到梅大鹏这样说，梅花不禁笑出了声，说道："你到底是做了多少亏心事？"

梅大鹏也嗤笑了一下，说道："难不成你还能是来救我的？"

梅花没有说话。

29 失踪

"你不会真是来救我的吧？"梅大鹏声音非常微弱，却还是能听出那话背后的不敢置信。

"为什么要救我？"梅大鹏盯着梅花问道。

梅花无奈地笑着，说道："不知道。"

"不恨我吗？"梅大鹏问。

"我怕你。"梅花冷静地回答。

"怕我是应该的。"

"真是应该的吗？"

梅大鹏半天沉默不语，火势越来越大，屋外突然传来救援人员的声音。

"你不该进来救我，刚才我感觉有一道强光照进来，以为是天堂的人来接我了。"

"你会上天堂吗？"梅花的语气很低沉。

梅大鹏试图翻身，却发现已经动弹不得，热浪一股股袭来，说道："那个小女孩叫我爸爸，她很像你小时候，"梅大鹏被浓烟呛得直咳嗽，"我希望你一直恨我，这样我心里会好过些。"

"那你觉得我的心里会好过吗？"梅花侧过头不想再听下去。

这时消防人员破开了门，正准备救人，突然一块顶板砸了下来，梅大鹏猛地使出全身的力气推开了梅花，梅花撞到墙壁上昏厥了，昏厥前她似乎看到了某个熟悉的身影，心想：是穆枫吗？不对，更像是楚森……梅花就这样思绪混乱地闭上双眼，彻底失去了意识。木板也重重地砸在了梅大鹏身上，鲜血从梅大鹏身上不断涌出……

一股熟悉的消毒药水的味道呛得梅花有些难受，她咳了几声后缓缓地睁开双眼。怎么又是这间病房？梅花都有些恍惚了，难不成又是做梦吗？梅花刚想起身，发现良山博趴在自己床边睡着了，再一细看旁边病床上躺着一个小女孩，特别像梅小妹，小女孩挂着氧气瓶，不仔细看也分不清楚这个小女孩到底是睡着了还是昏迷了。

梅花试图起身下床，却发现头部传来一阵剧痛，她本能地摸了下脑袋，竟被一圈厚厚的纱布包裹着，这时良山博也醒了。

"快躺下，你现在不能动！"良山博低声严厉地说。

"梅小妹怎么样了？"梅花指着旁边小女孩的病床问道。

"梅小妹？"良山博再次压低声音，"什么梅小妹？"

梅花好奇地指着旁边病床，说道："那个不就是梅小妹吗？"

话音未落，只见病床上的小女孩忽然变成了梅姨，梅花吓了一跳，十分震惊，再转过来时，竟发现良山博变成了梅大鹏，梅大鹏试图要掐死梅花，梅花吓得惊声尖叫。突然天上下起了一阵大雨，梅花感觉自己快被淹没了，挣扎之际梅花一下

29　失踪

惊醒过来。

梅花睁开眼仔细看了看周围，自己竟然真的在医院病房中，梅花担心又是梦魇，吓得赶紧掐掐自己的脸，很疼，确定刚才是在做梦。这种噩梦可真吓人，梅花心里嘀咕着。

突然房门被打开，是良山博进来了，梅花想起刚才的梦境突然失声尖叫，这时候梅姨也随后进来了，二人看到如此失控的梅花，有点被吓到了。

"这是怎么了？"梅姨赶紧过来安抚。

梅花看到梅姨情绪才稳定下来，说道："梅姨！"

"你怎么了？要不要再找医生进来看看？"梅姨关切地问道。

"哦，没事没事，我就是刚才做了个噩梦，有点吓着了，现在没事了……"梅花尴尬地吐了吐舌头。

"对了，良山博，你怎么在这儿？"梅花问良山博。

"大姐，你还好意思说，"话刚一出口，良山博注意到梅姨还在场，就赶忙转换了下语气，"刚才你突然不见了，我就只好在医院走廊打听寻问，后来有人说看见你上了辆出租车，我就一路跟了过去。"

"是你报的警？"梅花问道。

"当然是人家救的你，你小命差点就没了。"梅姨抢话。

"那什么，你们先聊，我先出去帮你买点吃的过来。"良山博识趣地出去把门带上了。

"对了,梅大鹏怎么样了?"梅花突然想起来,自己之前可是在大火当中,而且梅大鹏最后还救了她。

梅姨一下子变得很严肃,轻轻地摇了摇头,说道:"他……死了。"

梅花沉默了。

从梅姨口中得知,当时救火队员闯进大火里,刚要准备实施救援,结果又一根梁掉了下来,是梅大鹏保护了梅花,而他自己被木梁砸死,由于火势太大,救火队员只好先将梅花救出。抬出梅大鹏时,他已是一具尸体。

30
图书馆

梅大鹏的墓碑前，站着身穿黑色外套的梅花和梅姨。

梅花对着梅大鹏的墓碑说："好吧，既然这样，那我就恨你吧，再见了！"

梅姨看了一眼梅花，小声嘀咕着，说道："看似说是恨，可却毫无恨意。"

梅花和梅姨离开墓地，往公交车站点走着。

梅姨开了口，说道："我知道梅小妹的离开很突然，这么久的相处，我们都很舍不得梅小妹，希望她回到自己的时空轨道后，可以开心快乐。"

"人到了某些时空拐点，是要学会放下的。"梅花微笑着回应着。

梅姨也回以微笑。

"哦，对了，梅姨，一会儿我要去一趟学校，还有一些事情要处理，你先回家吧。"

"好，那你早点回来。"

由于路线不同，和梅姨告别后，梅花先上了去学校那趟公交车，梅姨还在原地等待回家那辆。

上车后，梅花突然发现梅姨的手机落到自己包里了，她从车窗探出头想喊梅姨，结果竟发现梅姨和一个女人在攀谈，表情看起来还很严肃，由于女人背对着梅花，所以并没有看清楚是什么人。应该是问路的，梅花心想，于是她只好乖乖地坐回到自己的位子上。

临近中午，梅花在学校的公交车站下了车，然后直奔学校图书馆。刚一到图书馆门口，就见到楚森躲在进门的书柜后面，梅花调皮地上前拍了一下楚森，楚森吓得差点尖叫出来，回头一看是梅花，这才松了口气。

"你在这儿干吗呢？"梅花问楚森，但声音在楚森看来似乎有点过大，楚森吓得瞬间捂住了梅花的嘴，梅花一个劲儿地挣扎着。

"嘘……拜托帮帮忙……"楚森悄声地在梅花耳边说着。

这时，只见徐琳珺带着她的保镖们出现了，他们见人就问有没有见到手机照片上的人，然后一路走出了图书馆，去外面寻找楚森了。

看见他们离开后，楚森这才松了口气，也放开了梅花，连忙跟梅花道歉。

梅花大喘着粗气，说道："你就为了躲她？"

"一言难尽啊！躲了一上午，累死我了。"楚森看来也是之前躲累了，瘫坐在地上，身后倚着书架。

梅花也跟着坐了下来，她百思不得其解，说道："你这个不应该啊，你们俩以前不是挺恩爱的吗？难道又是哪里出错了吗？"梅花在思考是不是自己来到这个时空后，又有哪里产生了异常。

"我跟她？还以前挺恩爱？哪个以前？什么时候恩爱过了？不带你这样的。"楚森以为梅花故意拿他逗乐，所以一脸的不开心。

"别误会，那个，我的意思是……"梅花脑海里快速搜索着可以接着说下去的话，突然来了灵感，"对了，就是那天，人家女孩不是挺勇敢地说你是她的男人吗？你不是就喜欢这种简单直接、有钱有气场又能帮上你的女孩吗？"

"哎，有你这么损人的吗？我什么时候沦落到要靠女人帮忙了。"楚森有点生气。

"好好好，我错了，我践踏了你的人格尊严，我差点毁了祖国辛苦培育的坚强独立、只靠自己的一朵小花，求求你原谅我吧！"梅花故作一副可怜模样，忽闪着大眼睛，甚是漂亮可人。

"真没想到，你还有这么可爱的一面。"楚森看得有些入迷，明显是一脸爱慕。

梅花瞬间觉得有点尴尬，赶紧收敛了自己的表情，变得庄重严肃起来,好不容易跟楚森讲清楚了,她可不想让楚森再有那种错觉的。

"你这是怎么了?不是应该很喜欢徐琳珺的吗?"

楚森双臂交叉,说道:"不喜欢,没感觉。"

"算了,不和你说了,我有事要先走了。"梅花起身拍拍身上的灰准备要走。

"你听说了吗?学校新来了一个老师。"楚森也懒洋洋地站起身。

"这有什么好稀奇的,咱们学校大着呢,不总有新来的老师吗?"梅花觉得楚森有些大惊小怪了。

"系里让我做他的助教。"楚森轻描淡写地说着。

梅花突然愣住了,之前穆枫也是新来的导师,也是楚森做他的助教,难道这个新来的老师是穆枫吗?

"他在哪,他在哪?快告诉我!"梅花情绪非常激动,扯着楚森的胳膊,楚森看到梅花的眼泪急得都快掉下来了。

"你先冷静一下,别激动……"楚森安慰着梅花,话音未落,梅花身后便传来一个熟悉的声音。

"呦,这么快就想见到我了,真是意外啊!"

梅花回过头,一看竟然是良山博。

"怎么是你?"梅花反问道,"他就是你说的老师吗?"

楚森点点头,梅花瞬间像泄了气的气球。

"可不就是我喽!怎么,看你好像很失望啊!那你以为是谁？难不成是你那个情人老师？"良山博故意这样说。

梅花冷眼看着良山博。

"梅花，看来你们已经认识了，他确实就是新来的老师，接下来我也会成为他工作上的助手。"楚森礼貌性地对良山博点了下头。

"你怎么当上老师了？"想起刚才的希望落空，良山博又故意调侃她，所以梅花也带着不满的语气问道。

"那天在医院不是和你说了吗？付建……你忘了？"良山博见到楚森在，不方便说得太直接，只好隐晦些了。

"那你也没说你是来当老师的啊，我以为就是给你办个什么图书室管理员之类的。"梅花也压低声音说着。

"就哥这双博士学历，不用是不是太浪费了？"良山博骄傲地说着。

梅花打量了一下眼前这个年纪轻轻的良山博，说道："你？双博？你才多大呀？"

"我十八岁就已经考取双博士了，后来觉得读书太无聊了，就去做研究了。"

"看不出来啊，你还是天才儿童呢！那你来这个学校教什么？"

"新媒体教学。"

梅花对于良山博这种看起来没有什么老师样子还敢当老师的人，实在没法立起恭敬心。

闲侃了半天，梅花才想起来，良山博约她来图书馆的目的，说道："对了，你找我来干吗？是不是要进实验基地？"

"亏你还记得这事儿……"

梅花和良山博小心翼翼地谈着，完全忘了身后的楚森。看着梅花和良山博这么热络，楚森有些不高兴，但没办法，他也只好一路跟着，突然良山博回过头说："楚森，你先忙你的去吧，等我有需要再跟你联系。"

"今天是您正式来学校的第一天，系里主任交代我要陪您熟悉校园环境，这是我的任务。"楚森故意找借口。

"哦，没事，梅花不也是这个学校的吗？今天她陪我转转就行了，你先回吧。"

听到良山博这么说，楚森也只好识趣地目送他们离开。

看着梅花的背影，楚森轻声地自言自语道："看来你还记得穆枫。"

良山博七绕八绕地带梅花走进了图书馆地下室的一个电梯，各层都只有人脸识别才能进入。梅花一看到实验室大厅，虽不如之前的科技馆那般宏伟，但也是科技感满满，每一台运转的机器上都不停流走着正在进行运算的字符。

"现在程序正在升级，没办法操作。"良山博介绍着。

突然，1号实验室内部的门开了，梅花看到从里面走出来的人甚是诧异，这人不是别人，正是付建。付建一身防辐射服，看到梅花时，眼神暴露一丝敌意。

"付老师，您也在这里啊！"以免尴尬，梅花先开了口。

付建没好气儿地斜愣了一眼梅花，说道："你以为只有你这种网络科技人才才能在这儿吗？"

"网络科技人才？我吗？"梅花真是一头雾水，这都哪跟哪儿？

"还装，之前是谁在网上黑我，我已经找黑客调查得一清二楚了，网络高手，还不想承认吗？"付建说话时似乎牙齿都带着刺耳的摩擦声。

梅花忽然想起之前和梅姨在网吧黑付建和毛海蓉的事，没想到他还找黑客来查自己，真是冤家路窄，他又是自己的导师，毕业无望了，梅花陷入深深的懊悔中。

良山博之前就了解到眼下这二人似乎关系不太融洽，便出来打圆场。

"付老师，多谢您帮我办理入职手续，本来还想介绍你们认识的，现在看来是不用了。付建老师是我们这个项目的监督，也就是代表诚哥来盯着项目进展的，"良山博介绍完付建又指向梅花，"梅花呢，是我们这个项目最重要的一环。至于具体细节，诚哥有交代，只能我和他知道，眼下就不方便给您透露了。"

付建也没兴趣和他们再纠缠，找个理由先离开了。梅花很好奇付建之前出来的那个封闭的实验室是做什么的，良山博也说不知道，大概诚哥还有别的研究项目，并叮嘱梅花不要多管闲事，只要他们的 e 计划一启动，就可以送梅花去找她的心上人了。虽然良山博是在调侃梅花，但梅花没心思接招，她心里只想着能快点见到穆枫。

就在他们要离开时，突然从那个封闭的 1 号实验室传来一些细微的撞击声，梅花很好奇地朝那边看过去。

"怎么了？"良山博问。

"我好像听见里面有声音。"梅花指着那个 1 号实验室，并试图朝 1 号实验室的门走去，她感觉那里怎么像是有人在求救一般。

"我怎么没听见，是你幻听了吧，咱们还得进行 e 计划的具体讨论，别耽误时间了，快走吧！"

在良山博的催促下，梅花半信半疑地离开了。

31
囚禁

梅花站在图书馆实验室的大厅里,突然,1号实验室的门打开了,梅花见到穆枫躺在里面的床上,他的身上插满了针管和实验仪器,他试图挣扎,但逐渐没有了生命体征,梅花惊叫着、喊着穆枫的名字,正想跑过去时,1号实验室的门却突然关上了,梅花陷入无尽的绝望当中。

突然,梅花睁开双眼,发现自己已经躺在家中,原来刚才又是做了一场梦,梅花坐起来擦擦额头上的冷汗,最近她总是做噩梦,不知道是不是接触良山博那个实验室太多了,辐射让梅花体质变弱。但为了找到穆枫,梅花只能寄希望于 e 时空计划,为了辅助完成实验,梅花每天要接受各种身体的扫描和训练,以防止在时空计划中再出现意外时,她也好有应变的能力。

梅花看了看表,早上六点半,今天是休息日,好不容易学校和实验室那边都没有事,梅花准备再睡个回笼觉。刚一躺下,她突然发现梅姨的床位竟然是空的,梅花下床查看了厨房和卫生间，都没有梅姨的身影。难道她出去买菜了？应该是吧，梅花觉得自己有点太大惊小怪了，准备回床继续睡觉，路过书桌时看到桌上的电脑没有关机，梅花顺手点开关机键，却发现桌面上有个未关闭的文件夹。点开文件夹，她发现里面是一堆监控文件，梅姨毕竟是未来人，她的电脑技术来自未来，她想黑进哪个地方自然都难不倒她。梅花看着视频，监控内的楼房结构有点眼熟，这个好像是红姨家那片小区。

梅姨为何要监控红姨？梅花有些不解。她翻开了里面所有的监控文件，发现里面都是红姨平时上下班的镜头。除了红姨住的小区，还有一家医院门口，在那里红姨经常进出。梅姨为什么要查红姨的行踪呢？这也太古怪了。梅花发现 C 盘里还有一个文件夹，加了密，梅花试了下密码，用的是梅小妹最喜欢的零食名称，竟然轻松通过了，这梅姨毕竟是自己的未来，自己还是对她有了解的，梅花心里有一丝暗爽。但当打开文件夹视频后，梅花就再也笑不出来了。视频里是她家小区楼下监控，可是由于是盲区，什么都拍不到，梅花一细看视频日期，竟是梅小妹被梅大鹏绑架的那天。

这到底意味着什么？视频监控明明是盲区，可是那天电话里，梅姨斩钉截铁地说出了梅大鹏绑架梅小妹的行动路线。难道梅姨并不是通过监控，而是她亲眼看见梅大鹏绑架了梅小妹而没有出手制止吗？怎么会这样呢？梅花十分不理解，一种更不祥的预感油然而生。

31 囚禁

梅花再次翻开监控红姨的文件夹视频，有一个陌生的地点引起了梅花的注意，那个地方似乎离之前祭拜梅大鹏的地方不远。梅花突然想起那天祭拜后，梅花先坐上公交车，回头一看梅姨和一个女人交谈的场景，梅花重新翻看视频监控时间，发现对红姨监控的日期就停留在祭拜梅大鹏那天，因为祭拜父亲这么重大的事情，自己肯定不会记错。

昨晚梅花回来时梅姨就不在家。但由于时空计划的体能训练令梅花身体实在太疲惫了，所以她倒头就睡着了。这么仔细一想，梅姨好像昨天就不在家。这些天梅花只顾着一门心思地加快训练好去寻找穆枫，结果完全忽略了梅姨。

梅花拨打了梅姨的电话，但是电话关机，梅花越想越不对劲儿，赶忙换下衣服冲出了家门。刚到小区门口，就撞见了楚森，正好楚森骑着摩托车背个大背包来找梅花。

"正要去找你呢，你倒是自己下来了！"

楚森刚要摘头盔，一把被梅花拦住。

"快，送我去幸福南路。"梅花边说边骑上了车子。

楚森看到梅花这么着急，便不再多言，也坐上了车子准备发动，梅花被楚森的大包挤得有点难受。

"你这里面装的啥呀，这么多东西，快把我挤飞了！"

"都是给你买的吃的！"

随着楚森的提速，二人出发开往目的地。

◇ 我和我生命的延续

到了幸福南路，梅花和楚森一路寻找着梅姨和红姨的下落。但这附近荒无人烟，很难找到什么落脚点。

"你确定是这里吗？"楚森坐在地上拿出一瓶矿泉水递给梅花。

"应该是这里。"虽然嘴上这么说，但是梅花心里也不是十分有把握。

"按照你说的，你这个梅姨到底为什么要绑架红姨呢？"楚森喝了一口水。

由于时间紧张，再加上经历了上次单枪匹马闯火灾，梅花觉得有楚森帮忙还是有好处的，所以只在路上简单对楚森描述了梅姨监控红姨这件很可疑的事情，其余并没有多说。

"我现在也不知道原因，看那里是不是有个房子？"在森林深处，梅花发现了一个小木屋。

楚森也站了起来，小木屋似乎密封得很严实，二人试探性地朝木屋方向走去。离近一看木屋内什么也没有，就是一座空房子。

就在这时，梅花看到远处有一个人竟从地底下爬了上来，那人正是梅姨。

"她从那儿出来的？这也太奇怪了！"楚森小声和梅花探讨着。

这确实太奇怪了，梅花越来越看不懂梅姨的所作所为，梅花之前只以为梅姨是年纪大了的自己，可能未来的自己过得不如意，所以内心藏了很多的怨恨。但眼下看来并非如此，梅姨的做法已经完全超出了梅花的认知，她甚至觉得如果这个人是她的未来，那她一定要改变自己的未来，决不能让自己变成这样。

待梅姨走远后，楚森和梅花来到了刚才梅姨爬上来的那个地点。

"这里有个暗道，但被锁住了。"楚森试图拉开暗道盖，却发现上面有锁。

梅花一筹莫展时，楚森取下梅花头上的小发夹，三两下便打开了锁，梅花佩服地竖起大拇指。二人紧接着顺着铁锁梯子进入了地下通道。

一进来梅花就被震撼到了，这地下有一座铁牢笼，红姨被铁链绑在正中央不省人事，梅花试图叫醒红姨，可是无济于事，红姨似乎陷入深度昏迷。

"看她的样子应该是被灌药了。"楚森试了半天，也没能打开牢笼大门，"你那个梅姨到底为什么要把她囚禁在这里啊？"

梅姨到底为什么囚禁红姨，梅花也想知道原因。梅花生气地再次掏出手机试图打给梅姨，却发现这里手机没信号。

"手机又没信号了？你怎么老能赶上这样的地方。"楚森在一边说着风凉话。

"又没信号是什么意思？"梅花突然盯着楚森，"你之前跟踪过我?"梅花想起那次去寻找梅小妹的路上,总感觉有个身影在后面跟踪自己,但一回头又发现没人。

楚森也意识到自己似乎说了什么不该说的。

"快说,你是不是一直跟踪我?"梅花有些生气。

楚森吓得往后直躲,说道:"也没,没一直跟踪,就是那次恰巧路过,担心你有危险,就,就跟在你后面保护你……"

"所以当时冲进火海救我的是你?"梅花想起在大火中,昏厥前似乎看到一个像楚森的人,当时她还错觉以为是穆枫。

"嗯……"楚森轻轻点了下头。

"这么说当时是你报的警?"

"嗯……"楚森再次点了下头。

"那后来你去哪里了?"梅花怀疑地盯着楚森。

"后来我看你没什么事儿,就先走了。"楚森越说声音越小。

梅花暂时接受了楚森的解释,但她也说不上来楚森到底哪里不太对劲儿,"我怎么感觉你和以前不太一样了呢?"

"哪有……"楚森故作镇定。

这时候,外面突然传来一声巨响,梅花和楚森急忙向外跑去,竟发现暗道盖被人从外面封死了,一阵浓烟从里面直喷而来。

"有人想把我们也囚禁在这儿。"楚森捂着口鼻吃力地说道。

不一会儿他们二人便失去了意识……

32

告别

一阵剧烈的头痛，让梅花逐渐清醒过来，她发现自己和楚森也被关进了铁笼里，被人用麻绳绑了起来，楚森也逐渐清醒过来，他们挣扎着试图弄开绑绳。

"醒了？"牢笼外一个声音传过来，是梅姨。

"梅姨，你这是什么意思？"梅花质问梅姨。

"看不出来吗？绑了你，谁叫你多管闲事跑到这儿来。"梅姨在回答时，梅花只觉得梅姨的面容有些扭曲。

"你说看到梅大鹏绑架梅小妹的视频也是假的，对不对？"

"对。"梅姨回答得理直气壮，没有任何愧疚之色。

"梅姨，你到底为什么要这么做？"梅花实在无法理解眼下的状况。

"到现在你都不明白为什么吗？我和梅小妹来到你身边都是有使命的，我们的使命是让你活下去，但除此之外我们还各自有任务，梅小妹是代表你的过去，也就是你的童年阴影里跟梅大鹏相关的部分，只有化解了童年的心结她的任务才算完成了。而我的任务是解开你和你母亲的心结，也就是你面前这个女人，"梅姨指着一直昏迷的红姨，"当你们化解了心结我的任务才能完成。"

"你说红姨是我的母亲？"梅花很惊讶，她从来不知道关于亲生母亲的任何信息。

"蠢货，你连这个都不知道。"梅姨很不客气。

楚森在一旁急了，说道："你骂谁呢！"

"关你什么事，闭嘴！"梅姨凶狠地看着楚森。

楚森刚要回嘴，被梅花拦住了，梅花的眼神示意楚森不要激怒梅姨，楚森深吸了口气不再言语。

"所以，当时你看到梅小妹被梅大鹏带走，也不上前阻止，就是引我去现场，然后……让梅大鹏杀了我？"梅花用更加冷静的语气问道。

"我也没想到你命那么大，竟然没死，更没想到最后梅大鹏会用他自己的生命救了你，真是笑话，他梅大鹏什么人，蹲了那么多年大牢的疯子，竟然会牺牲自己去救你，真是太好笑了！"梅姨哼笑了几声。

"那你监控红姨的视频也是故意让我发现的？目的就是引我来这里，神不知鬼不觉地杀了我？"梅花的语气里有一丝异样的低沉。

"你还不算笨。"

"那你为什么不在家里杀了我？"

"你以为我没动手吗？在外面，时空契约者随时会检测到关于我的行动信号，我只能试着给你下药，下了几次发现那样太慢。所以我就开始找这样一个隐蔽的地方，可以屏蔽掉我所有行踪的地方，这样直接解决你更快！"

"难怪我之前总是头晕，原来是你做的。"梅花深吸了一口气，"你现在是不是打算完成任务了？"

"你看不出来，我现在根本就不想完成那所谓的任务吗？你以为我真感觉不到你有问题？你根本就不是之前的梅花！"梅姨狠盯着梅花，"从你吃安眠药那次开始，我就觉得你不对劲儿，那么懦弱的你怎么可能突然之间料理好了身边所有复杂的关系。既然你可以脱离你的时空轨道，毫发无伤地来到这个时空，这就说明我也可以到别的时空去，我要真正改变我的命运轨迹，我再也不要回去过那种猪狗不如的日子了。"

"好，明白了，动手吧！"梅花有着超乎常人般的冷静，眉眼之间似乎还夹杂着一些凄凉。

"倒让你主动提出来了，真是小看你了，"梅姨站起身，从包里掏出一个精密的仪器，"好，既然想通了，我就成全你。看见这个机器没有，只要能启动它，我就可以去任何我想去的地方。现在只要把你杀了，然后立刻将你的脑灵也就是你们理解的灵魂吸到这个仪器里，那么我就不会消失，开启这个仪器后，我就可以去任何我想去的地方了。"

梅花看着梅姨手里的机器，问道："这是谁告诉你的？"

"这重要吗？这不重要。"梅姨哼笑着。

"也对。"梅花再次低下了头，开始了沉默。

楚森在一边故意表现得有些着急，另一边正在悄悄尝试，解开捆绑在他后背的绳子。

梅姨轻哼了一声，鄙夷地扫视了一眼梅花，掏出兜里的折叠刀，慢慢地走近铁笼，将铁笼打开，朝梅花走过去。

楚森突然发出嘲笑声。

梅姨明显不高兴了，拿刀杵在楚森的脖子上，问道："你笑什么？"

楚森完全不在乎梅姨的刀，还在大笑不止。

"你到底笑什么！"梅姨有些愤怒了，刀在楚森脖子上划了一道口子，楚森的脖子流了血，楚森皱了下眉，梅花在一边看着甚是紧张，呵斥梅姨不要伤害楚森，但梅姨全然不理会。

楚森定了定神，然后淡定自若，说道："我笑你被人耍了却不自知。"

"我当是什么呢，你以为你这么说我就会信吗？我有那么好骗吗？"梅姨冷笑着。

楚森也冷笑了一声，说道："这个东西是良山博给你的吧？"

梅姨的脸色一变，梅花也神色大惊。

梅花插话，说道："你说谁？"

梅姨突然拿着刀对着梅花挥舞，说道："你别说话！"然

32 告别

后表情有些不淡定地看着楚森，说道："你还知道什么？快说！"

楚森继续说道："你不会真的傻到去相信他的鬼话吧？你和梅花是一体的，你真以为你杀了她你还能活着？他们只是想一举两得，让你们自相残杀，然后逼出你们身上最邪恶的体灵。因为邪念体灵的力量最强大、存活最久。在你们奄奄一息的时候，得到你们的邪念体灵晶片，拿回去做他们的实验研究，你信不信他们现在就在外面等着你自投罗网呢！"

梅花听到楚森这番话，惊讶得嘴巴都合不拢，楚森是早就知道她和梅姨特殊的关系吗？还有良山博是怎么回事？楚森到底是什么身份？

梅姨神色慌乱地拿刀指着楚森，说道："我不信，我不信，你说谎！"

"你不信的话就试试吧，我也不拦着你。"楚森轻描淡写地说着。

梅姨似乎想起了什么，说道："不对，你是什么人？你怎么会知道这些的？"

梅花也看向了楚森，她也在等待答案。

楚森看了一眼梅花，然后正了正身子对梅姨说："你过来我小声告诉你。"

梅姨将信将疑地走了过去，刚一低下头，突然楚森一个起身夺走了梅姨手上的刀，然后将她打晕。

梅花看得有些目瞪口呆，心想：这大哥是什么时候解开绳索的，这动作也太麻利了。正当梅花还沉浸在刚才那一幕时，楚森已经帮她解开了绑绳，并示意梅花去给红姨松了绑，楚森这边则在试图绑住梅姨。谁知楚森刚刚捡起地上的绳子，梅姨就突然惊醒，和楚森扭打了起来。梅姨毕竟是个四十多岁的女人，略微发福的身体还是有些力气的，二人僵持了半天，梅花将红姨拖拽到一旁，看得也是非常紧张。这时候，突然一阵浓烟又喷了出来，瞬间整个地下空间都被浓烟占满了，几人都被呛得够呛。

"这烟有毒……"楚森捂着口鼻说道。

这时梅花注意到梅姨的情况不太对劲儿，似乎顷刻间梅姨的体力就严重透支无法站立，梅花本能地上前扶住了梅姨。

隐约从地下室外面有扩音器的声音传进来，那声音是良山博的："梅花，梅姨，你们都别再苦苦挣扎，白费力气了，今天谁也走不掉的。"

"没错，果然是良山博，亏自己之前还那么信任他，没想到竟被这个浑蛋耍得团团转。"梅花想着，差点骂出声来。

楚森在一旁对梅姨说道："看到了吗？这个浓烟就是为你这种来自未来的体灵准备的，他们连你都要解决掉！"

"你现在就别再责备梅姨了，我们还是想想办法怎么离开这儿吧。"梅花更担心眼前的状况。

梅姨喘着粗气，她似乎也已经意识到了问题的严重性，在梅花的搀扶下她努力地站起来，说道："往这边走。"

梅姨从兜里掏出一块石头形状的东西，然后指着一块在牢笼边上的墙壁，楚森上前，按照梅姨的指示将石头钥匙放到墙壁中隐藏的空洞上，再使劲儿一推，一道石墙门缓缓打开。

梅花搀扶着梅姨在前面带路，楚森背着一直昏迷的红姨在后面跟着。走到暗道的尽头，梅姨使出最后一丝力气将暗道口的石头旋钮打开，一丝凉爽的空气透了进来，梅花回身再次要搀扶梅姨，却发现梅姨倚在石墙上，她的皮肤迅速老化，皮肤的脂肪似乎都蒸发了，变成了一个干瘪的老太太。

"梅姨！"梅花大声喊着，"怎么会这样？"

楚森也蹲下来看着梅姨，并对梅花解释道："这应该是刚才那阵毒气造成的，来自未来的体灵会快速老化，最终风干，这样她身上的信号也会消失，他们就可以避开时空契约者，神不知鬼不觉地把她带回去做实验研究。"

听完楚森的解释，梅花难受得失声痛哭，喊着："梅姨……"

"不恨我吗？"梅姨虚弱地问梅花。

梅花哭着直摇头，说道："我一直把你当我的亲人。"

梅姨继续说："执念……我是你的执念，你知道吗？在平行时空当中，每个人的生命会有无数种可能性，梅小妹是你对童年的心理阴影，无法释怀心怀恨意那一面，而我则把所有遭遇的不顺都怪到了母亲，也就是红姨身上，我一直怀有对她的敌意和责备。直到有一天，时空契约者找到我，我才知道我只是你其中一种偏执，我的存在只是你生命的其中一种可能性。我不甘心成为这个最差的可能性，也不想再回到那个让我感到痛苦的时空里。所以，当良山博给我那个机器的时候，我毫不犹豫地答应了，但是没想到竟然被骗了，"梅姨喘了口气，"梅花，对不起，我欺骗了你，让你对未来的我失望了……"

梅花哭着回应道："梅姨，不要这么说，我很感谢你这么长时间以来对我的守护，我能感受到你的真心，你知道吗梅姨，你是我心中的魔，也是我心中的佛。你教会了我要坚强地活下去，如果不是遇到你，我之前那么软弱的性格是不可能活下来的。是你让我在你身上看到了活下去的希望，现在我的内心已经足够强大了，你的使命已经完成了，我会许你一个美好的未来，你就放心在未来等着我吧！"

梅姨流着眼泪，微笑着看着梅花，说道："活着……真好……"话音一落，梅姨的手垂了下去，梅花失声痛哭。

突然间，天空中一道强光出现，是时空契约者现身，梅姨的肉体逐渐消散在空气中，梅花挣扎着想要说话，却发现自己根本动弹不得，一边的楚森和红姨则昏睡了过去。

"别……走……"梅花使出最大力气喊出这句话，叫住了刚要消失的时空契约者，梅花继续说道："让……我……说……话……"

时空契约者对着梅花一挥手，梅花身体就恢复了行动力，她喘着粗气抱怨着，说道："你怎么每次都这样，也不给人一个说话的机会,真是急死我了!"

时空契约者慈祥地微笑着看着梅花,随着眼睛逐渐适应强光,梅花渐渐看清了时空契约者的长相,这个长相甚是觉得熟悉,梅花小声说道:"我们……是不是认识?"

"认识,而且还很熟悉。"时空契约者微笑着说,"我就是老年时期的你。"

梅花听到时空契约者这样的说法,实在是太惊讶了。老年时的自己?真的假的呀?太难以置信了!

"不必太惊讶,我只是你生命体征最强的一部分,以后你慢慢就会知道的。"

梅花一想也对,提前都知道了自己的全部未来,确实也挺没意思的,更何况这个老年时期的自己看起来超厉害,也就没什么可担忧的了。

"那……你会怎么处理梅姨?"梅花问了一个眼下最关心的问题。

"我会把她送回到她的时空。"

"可是梅姨所在的时空似乎让她很痛苦。"

"每个人的人生阶段都会面临痛苦,只有痛苦才能让人看清自己,然后更好地成长起来。"

这话要换成别人说,那肯定是鸡汤,但这话出自老年梅花的口中,那可就太有说服力了。

梅花轻轻地点着头,问道:"那我能知道穆枫现在怎么样了吗?"

时空契约者微微皱着眉,接着又舒展开眉毛,说道:"他在等着你去救他。好了梅花,梅姨的生命体征越来越弱,我不能停留太久,你只要记得,你的使命是守护周围一切你爱的人,包括你自己。我要离开了,我们以后还会再见。"

梅花还有很多问题要问,但一想到梅姨的安危,梅花也只好闭嘴,目送时空契约者离开了。

伴随着强光的消失,梅花在心里默念着:梅姨,再见了!

33
红姨的故事

"红姨，你醒了？"梅花看着苏醒的红姨有点激动。

红姨缓慢地睁开眼睛，发现已经躺在自己家中，梅花身后还跟着一个男孩子。

红姨试图起身坐起来，说道："梅花，你怎么在这儿？还有，这个小伙子是谁啊？"红姨指着楚森。

"哦，他是我的同学，刚才就是他帮您做急救的，"梅花解释着，"红姨，你什么都不记得了吗？"

红姨听梅花这么一问，按摩着太阳穴，开始思考起来，说道："我就记得当时你梅姨说是带我去见一个人，结果到了墓地，我还看到了梅大鹏的墓碑，对，梅大鹏，他死了，"红姨看看梅花，怕梅花不知道梅大鹏是谁，便解释道，"哦，梅大鹏是我的前夫，我也不知道你梅姨是怎么知道梅大鹏这个人的。"

"那后来呢？"梅花急切地想知道，红姨的记忆到底停留在哪里，这样梅花也好知道接下来该如何对红姨解释。

"后来……后来我喝了瓶水就昏昏沉沉的了,对了,那水是阿梅给我的,"阿梅是红姨对梅姨的称呼,红姨说这样叫梅姨感觉很亲切,"是不是那水有什么问题啊?那阿梅怎么样?她也喝了那水,她没事吧?阿梅人呢?"红姨四下张望,寻找梅姨的身影。

看来,红姨完全没有怀疑到梅姨身上,这就好办了。梅花对红姨讲述,那瓶水确实有问题,梅姨惹上了一伙坏人,那水就是那帮坏人下的药,想要迷晕劫持她们,幸好梅花和楚森及时赶到,救了她们二人。梅姨不想把事情闹大,就躲回老家避难去了,现在已经没事儿了。

红姨接受了梅花的说法,但还是很担心梅姨的安危,楚森说因为这件事情不方便警察介入,所以他拜托他一个在这方面很有经验的朋友帮忙处理了这件事,并让红姨安心。

看着这么能演戏却还面不改色的楚森,梅花一肚子的疑问还没解决,但眼下还是先安抚红姨要紧。

突然,红姨一下子想起了什么,赶忙找手机,梅花帮忙从红姨的包里翻出手机,却发现手机早已没电。红姨急忙下床,披上外套拿起手包就要出门。

"红姨,你这是要去哪里?"梅花不解地跟上了红姨,楚森跟在梅花身后。

红姨体力还未完全恢复,但仍急切地迈着步子,说道:"医院。"

33 红姨的故事

红姨在梅花和楚森的护送下,到了医院门口,梅花打量着这周围的环境,觉得眼熟,这好像是之前电脑里梅姨监控红姨其中的一个地点,看到医院牌子后,梅花心想:没错,就是这间医院,红姨为什么总往这儿跑呢?

红姨进了长期病房区,直奔最里面的一间房间,红姨推开门,梅花看到一个男孩直直地躺在病床上一动不动。

楚森看了一眼病例,对梅花比画着嘴型,说道:"植物人。"

"红姨,这是?"梅花小声地问红姨。

"这是我儿子。"红姨坐在床上给男孩按摩身体,这应该是怕植物人身体僵化,所以才做的必要的按摩。

梅花有些震惊,梅姨说过红姨是梅花的母亲,梅花从小对母亲没有印象,难道红姨后来是改嫁了吗?

"你们坐吧。"红姨让梅花和楚森找旁边的椅子坐下,"这个孩子虽然不是我的亲儿子,但是我一直把他当亲儿子看待。我本来有一双亲生儿女,姐姐比弟弟大一岁。"

梅花听到这里有些震惊,红姨说的是自己吗?难道自己还有个亲弟弟?

"但是后来发生了一些事情,我被迫离开了他们,流落他乡,有一天我在家门口发现了一个小男孩,他说他是被什么人送到这里来找妈妈的,他那时候太小,什么都说不清楚,我陪他挨家挨户找,结果都没人认识这个孩子,我那时候生活很拮据,但还是咬牙把他留下了。我看着他,就想起我的那两个孩子,我把对自己孩子的思念都寄托在他身上了,他也真是特别乖,特别懂事,学习也很好。可是有一天他突然出了车祸,从那以后他就躺在这儿了,"红姨抹着眼泪,"可我从没想过要放弃他,我希望我的孩子们也能遇到好心的人待他们,所以我就这样好好待这个孩子……"

梅花听着红姨的讲述,什么都说不出来,她不知道自己能说些什么,也不知道自己该说些什么。梅花在心里默默地想:梅姨你知道吗?红姨一直把病床上的这个孩子当作对自己的儿女在思念,她是爱她的孩子的。

"那您当年为什么会离开您的孩子呢?"楚森开了口。

"那要从一个神秘组织开始说起,当年是他们逼迫我背井离乡,如果我不离开,就要杀了我的孩子,我也不知道他们为什么会盯上我,我起初是反抗的,但他们抓了我的先生,一度殴打他,我亲眼看到那些人的凶狠后,感到非常恐惧,我害怕他们真的会伤害我的孩子,所以我妥协了,他们连夜把我送走。我曾经试着悄悄回去,但是他们派人暗中盯着我,我几次被他们抓了回来,并警告我不要拿孩子的生命做赌注。我彻底绝望了,我知道我摆脱不了他们的控制,为了孩子们,我只好这样苟活了。"

梅花简直无法相信自己听到的这一切,母亲从未抛弃过自己,父亲也曾被警告殴打,当母亲失踪后,弟弟不知道为什么也失踪了,父亲开始责怪梅花,认为是梅花造成的,所以将怨气撒到她身上,认为是她破坏了原本幸福的家庭,梅花想,这是当下最合理的解释了。但是,梅花却对弟弟没有任何印象,确切地说,梅花七岁前的记忆都没有,从她像梅小妹那么大,才开始有了比较完整的记忆。梅花一直以为是之前的记忆太痛苦了,所以自己选择性忘记,现在看来似乎没那么简单。那个神秘的组织到底是什么人在驱使?为什么要这样破坏梅花的家庭。

不知道是过了多长时间,在楚森的陪同下,梅花走出了病房。

"为什么不和她相认?"楚森问道。

是啊,为什么不和红姨相认呢?是什么人逼着母亲离开亲生儿女?父亲又是何时开始酗酒的?弟弟到底去了哪里?这一系列的疑问不停地在梅花脑海中回转旋绕,让她很头痛。但她确定的一点是,那个神秘的组织是揭开一切疑问的答案。这个组织是不是就是良山博所在的组织?但是时间点对不上啊?

不知不觉中,梅花和楚森在一家小馆子里坐了下来,当梅花有意识时,她面前摆着一碗酸汤水饺。梅花看着这碗酸汤水饺,突然流出了眼泪,这是穆枫第一次带她来吃饭的地方,他们第一次吃的就是酸汤水饺。

梅花一边流泪一边吃,她在心里默默祝福着红姨,没错,现在还不是相认的时候,她想,红姨这么多年的苦不能白吃,梅花决心一定要守护好每个她心爱的人,她一定要找到这个组织,和这帮恶势力对抗到底,哪怕是牺牲她自己。

楚森坐在对面看着这样的梅花,他很心疼,他想说点什么,但他最终还是选择了沉默……

34

人质

梅花推开屋内窗子，一阵微风夹杂着花香轻轻袭来，四周景色很美，柳枝随风摆动，柳叶轻盈柔美，花园里的花也都努力绽放着。世间万物皆有生命力，大家都在自己有限的生命长度里，展现自己的价值、贡献自己的力量，花草如此，我亦要如此，梅花暗自感叹着。

眼下这个处所，并不是梅花的家，由于良山博已经知道实际情况，他的真实面目和动机暴露了，楚森担心梅花的处境有危险，于是给她安排了一个极其隐蔽的居住场所，暂时躲避。至于梅花一直担心的红姨，楚森则帮忙把她和她的养子一并转移到另一个安全的私家看护中心。

楚森非常细心，但是这种细心让梅花颇感意外，这还是她认识的那个楚森吗？是那个以前她气愤至极时，甚至会骂他是畜生的楚森吗？梅花对楚森有非常非常多的疑问，她一直想找机会问清楚，但是楚森不是忙于红姨的事，就是忙着调查良山博的进一步行动，每一次询问都被楚森巧妙地躲开了。

梅花更是疑惑了，换一个时空人的本性会转变如此之大吗？原本靠着徐琳珺家里的钱才能在学校立足上位的懦弱渣男楚森，突然变得临危不乱、勇敢、果断、有魄力，还要不停躲避那个能成就他的徐琳珺？这……这可能吗？还有，之前时空里的楚森似乎并不知道梅花和梅姨的关系，也不知道良山博以及他背后组织的事，可是在眼下这个时空里，楚森似乎什么都知道，并且从那次教室里毛海蓉要公布视频，到火灾里救梅花，再到和梅姨的对决，梅花总感觉楚森似乎一直在有意无意地出现保护着她。楚森这一系列完全不符合人物特征的表现让梅花实在捉摸不透，这到底是怎么回事呢？

梅花想得有些头痛，这时，楚森的电话来了，刚一接起电话，梅花就感觉大事不妙，因为打电话的并不是楚森，而是良山博。

"我是良山博，好久不见呢，梅花！"

梅花看了看来电显示确实是楚森的名字，说道："你……你怎么会用楚森的电话？你抓了他？"

"楚森？"良山博突然在电话那头狂笑不止，"确切地说，我是绑了你心心念念的穆枫老师！"

"什么！"梅花大为震惊，"穆枫怎么会在你手上？"

"怎么会在我手上？要不是他单枪匹马的以为可以解决我，也不会落入我的陷阱，只是抓到他的时候，我才知道他隐藏得那么深。"良山博又是一阵狂笑。

"你什么意思?"

"少废话了,你要是想救他就赶紧到实验室来,否则你连最后一面都见不到了。"

"你个疯子!"梅花生气地咒骂道。

良山博并不理会梅花的咒骂,直接挂断了电话。

梅花急忙换上了一身便装,并在包里装了一些方便实用的工具,一切准备就绪就要出门。

就在这时,门突然被推开了。一伙人走了进来,梅花看着带头的人有些愣神,那人是个她很熟悉的人,曾经在陈红的办公室,邀请她加入他公司的大导演李凯。

梅花有点蒙住了,这是什么情况?

还是李凯先开了口,说道:"梅花,不要去,你先冷静下来,我们从长计议。"

梅花心想:什么?他是知道自己要去哪里吗?他是怎么知道的?

"你怎么会知道这儿的?你是什么人?"梅花用奇怪的目光盯着李凯。

"是楚森让我暗中保护你的。"李凯坐在沙发上慢吞吞地回答道。

"楚森?"梅花顿了顿,继续说道,"确切地说,是穆枫吧?"

"你都知道了?"李凯很讶异。

"本来我也是心存疑虑,因为有太多解释不清楚的东西,但是刚才良山博的那个电话彻底解开了我的疑问,虽然他在电话里故意吊我胃口,但是楚森这段时间以来的反常举动,让我不得不得出这个结论,现在的楚森就是穆枫。"

李凯听着梅花的讲述半天没说话。

梅花见李凯不语,只好继续说道:"不过我更好奇的是,你和穆枫之间的关系,你到底是什么人?"

梅花站在原地,单手拽着背包的肩带,她在等待李凯开口。李凯一如既往地点燃了一根雪茄,他似乎在思考该从何讲起才不显得突兀,才能比较好地让梅花接受他讲述的内容。

"好吧,"李凯决定开口,"我想你已经知道了,多年前有一个神秘的组织逼迫你母亲抛下儿女背井离乡,我当时是这个组织的成员,进这个组织的人都是社会各界的精英人士,我们主要以研究人类的体灵为主,你也可以理解成为身体与灵魂之间的关系,我们试图切割体灵,但都失败了,身体与灵魂如何能完美分割还不损伤生命体成为我们最难攻克的课题。"

"你们为什么要研究体灵?"梅花问道。

李凯吸了口雪茄,说道:"刚才我说了,这个组织里都是社会各界的精英人士,这些人不缺金钱、名利、地位,但他们想长生不老,他们想灵魂不朽,所以这样的研究组织也就孕育而生了。"

梅花听着这些无稽的言论强压着怒火,低沉地说道:"那你们为什么盯上我的家人?"

李凯闭上了眼睛,摇了摇头,甚是懊悔的表情,说道:"当时我们几次成人实验都失败了,志愿者不是死了就是成了植物人,研究一直没有进展,所以组织开始改变方向,希望挑选新生儿来塑造我们需要的体灵标本。因为新生儿的体灵的可塑力是最强的,便于实验操作和控制,包括对他成长过程的监测,我们需要让体灵的能量发挥到最大。"李凯又吸了口烟,"于是,我们暗地里针对全国新生儿进行体灵标本侦测,就这样无意中检测到了你和你弟弟身上有一组异常的数据信息,我们针对你的家庭进行了调查追踪。我也是后来才知道,他们为了达到目的,抓了你的父亲,威胁你母亲离开你们,这都是为了将邪念体灵发挥最大作用。"

李凯说到这儿,梅花想起来之前梅姨把他们关在密室时,楚森说的那些话……不,也许该说是穆枫当时说的关于邪念体灵的话,他说良山博他们是为了让她和梅姨自相残杀,然后逼出他们身上最邪恶的体灵,因为邪念体灵是力量最强大、存活最久的。

"你们真是太恶毒了!"梅花咬着嘴唇,恨不得打李凯一巴掌,但她还是忍住了,因为她不得不接着听李凯讲完整件事,这些事目前也只有他能讲清楚了。

"对不起，"李凯道歉，梅花不给回应，李凯吸了口雪茄继续说，"我们一直监测你和你弟弟的体灵数据，但没想到你弟弟突然失踪了，让我们措手不及，所以我们更珍惜你的体灵，包括你知道的你父亲的两个版本，一个是长期虐待你，另一个是长期坐牢，最终的走向都是要引导刺激他去杀你，从而激发出你的邪念体灵。"

"你们太残忍了！怎么可以这样对我！"梅花有些控制不住地嘶吼着。

"对不起，真的对不起……"李凯双手抱住头，他似乎也无法面对自己的过去，"直到有一天，我无意中发现，他们也盯上了我的孩子，我的孩子和你们出现了一样的数据，他们让我为了组织贡献出我的孩子，我当然反抗，可是却阻止不了他们的恶行，他们将他带走了，至今我也不知道他的去向，我怀疑他早就……早就不在人世了……"

听着李凯的遭遇，梅花不知说他是咎由自取还是自食恶果好。

李凯有些哽咽，说道："从那之后我就离开了这个组织，后来听说有人顶替了我的位置，那人本来不够资格进入组织内部，但他当时给组织带去了一样东西，是你弟弟七岁时的体灵数据，他们通过这个人找到了你的弟弟并实时监测和控制，但是实验发生了意外，失败了，你的弟弟成了植物人，后来他们把他送到了哪里，也不得而知。"

植物人？梅花想起红姨的那个养子也是植物人，造化弄人，无论是那个可怜的男孩还是梅花的亲弟弟，他们这些人似乎有着某种注定的命运，然而现在的梅花想试图打破这种恼人的诅咒。

"那个带着我弟弟的数据作为筹码，进入组织的人是谁？"梅花咬牙切齿地问道，她的手已经攥出了一道血印子。

"那人就是良山博，不过我也不能理解，他加入组织都是十几年前的事了，可他如今却还是一个年纪轻轻的小伙子，这点在我心里一直都是疑问，难道他也是和你有一样的遭遇，是某种事故导致他经历了两个时空吗？"

"是他？那我就知道是为什么了！"梅花眼神凶狠地就要冲出去找良山博报仇，但被李凯的人拦了下来。

"别拦着我！你没资格拦我！"梅花凶狠地看向李凯。

"你现在去，穆枫的体灵就会彻底消失，良山博就是要用穆枫做人质引你出去，然后他再把我刚才说的这些告诉你激发你的邪念体灵，让你彻底失去控制成为他们的实验品，你千万不要上他的当。"李凯激动地站了起来。

"穆枫会消失是什么意思？"梅花不能理解李凯的话。

"你不是问我和穆枫的关系吗？当年我离开组织后，时空契约者找到了我，她让我建立一个新的组织去制衡原来那个恶势力的组织，并给我带来了一个生命体灵，也就是只有灵魂没有肉体，这个生命体灵就是穆枫，我不知道穆枫的来历，但据时空契约者讲他是被切割的体灵，切割后就变成了时空无法融合的产物，我们只能试图寻找一些可以释放他生命灵的生命体，据说之前曾经有一个合适的生命体，但那时出于某种原因，所以他的生命体终结了。"

梅花心想：那一次应该就是他们共同经历时空之旅，结果他们二人都被良山博欺骗上了当，所以才发生了跳转时空的意外。但是这也不对啊，如果穆枫一早就认识时空契约者，那说明他早就知道良山博的恶意，那为什么还要带梅花去见良山博呢？这说不通啊，除非，他是为了保护梅花！

没错，应该是这样了，良山博和他背后的组织一直盯上的都是梅花和梅花的弟弟，梅花的弟弟实验失败，那么当然只剩下梅花一人可以作为他们需要的实验品，但是当他们发现，穆枫的出现逐渐改变了梅花内心的状态，邪念体灵的数据也发生了明显的变化。他们发现这一变化后就想尽早动手，所以让穆枫以玩时空之旅游戏的说法带梅花入局，将梅花的体灵在时空之旅过程中切割分离，穆枫应该是良山博安插在梅花身边的卧底，只是良山博不知道，穆枫一直是故意接近他们这个组织的。穆枫当时将计就计，用他自己的生命保护了梅花，所以导致了穆枫的体灵被切割。

还有之前穆枫曾被终结的生命体，大概就是梅小妹记忆中那个死去的邻居家的大哥哥，梅花这样猜测着。那穆枫到底是什么时候从时空契约者那里得知良山博的？穆枫到底悄悄隐藏在梅花身边，保护她多久了？

"直到后来，"李凯继续说道，"时空契约者说有一个成年人的身体上出现了可以融合穆枫生命灵的信号，于是我们就找到了楚森，那天你好像和楚森在学校门口说分手，我们就利用他，在他最迷茫的时候，将穆枫的生命灵注入进去。"

难怪从那之后，楚森就变得不一样了，最近缠绕在梅花心里，关于楚森的谜题终于解开了！

"根据时空契约者的嘱咐，穆枫必须一直隐藏身份，因为只要穆枫一暴露，那么就会唤醒原本楚森的灵魂，穆枫就无法再寄居在那里了。"李凯讲述着穆枫一直不跟梅花相认的原因。

原来如此！

"那我现在要怎么做才能救穆枫？"梅花努力冷静下来，她必须救穆枫出来。

李凯看到梅花的情绪稳定了些，也稍微放心了些，在屋子里开始踱着步子，说道："我想起时空契约者曾经说过，穆枫的生命体灵寄居在楚森身上是暂时的，如果想要真的救他，就必须回到出事的那个时间点，阻止穆枫的体灵被切割，但是我也不清楚那个时间点到底是什么时候。"

梅花心里暗暗想着：我知道！

"之前穆枫说要让我保护好你，所以接下来的事情你就不要再插手了，交给我来处理就好。"李凯示意让人看住梅花。

"不必了！"梅花厉声说道。

"什么？"

不待李凯反应过来，梅花身上突然爆发出一团蓝色的能量团，屋里的人瞬间被冰冻住。

梅花对着李凯惊讶的冰冻表情，说道："也许你还不知道，时空契约者就是未来的我。"

说完梅花就离开了。

对于梅花的突然爆发，这也绝非偶然，其实梅花从小到大都很压抑自己，她一直觉得自己哪里和别人不太一样，但又说不出到底哪里不同。在她七岁前，她曾经就爆发过无法控制这股能量的情况，她的父亲曾亲眼所见，所以梅大鹏一直觉得自己生了一个怪物女儿，再加上神秘组织的怂恿，梅大鹏将家庭所有的不幸都算到了梅花头上，所以就有了父女之间的那种隔阂。后来梅花突然被一股神秘的力量压制住身上的能量，她便再没有爆发过异于常人的能量，也是从这个时候她就没了七岁前的记忆，从有记忆起，便是梅小妹那个时期，父亲成天酗酒对她家庭暴力。

直到刚才在李凯的讲述下，尘封的记忆被打开，如封印被揭开一般，梅花的能量也恢复了。想到这里，梅花在不知不觉中来到了良山博在学校图书馆的实验基地。

一进实验室，良山博已经和诚哥、付建他们大批人在那里等候。

"你总算来了。"良山博得意的表情让梅花感觉反胃。

"穆枫在哪里？"梅花眼神直勾勾地盯着良山博。

良山博没好气地笑着，说道："看来你已经知道了。"

"我问你穆枫在哪里？"梅花极力压抑着愤怒。

"梅花，你不想听听我们之间的故事吗？你就不好奇我到底是哪个时空的人吗？"良山博给梅花倒了杯水递过去，梅花接过杯子摔碎在地上。

良山博也生气了，说道："没错，是我欺骗了穆枫，是我故意制造了那次事故，因为你原本就是我们的实验品，结果穆枫突然叛变，才导致我被组织逼得追踪你到了这里。我为了再次引起你的注意费了多大的劲儿，找来阿诚帮忙演戏骗你，你遭遇火灾之后又赶去救你，总算赢得了你百分之百的信任。本来一切进行得都很顺利，谁知楚森，啊不，应该是穆枫，穆枫他突然出现在你的身边，他一次又一次地破坏我的计划，横加阻挠，这口气我怎么咽得下去！"

"我最后问你一遍，穆枫，在哪里？"梅花身上有一股愤怒的火光正试图爆发出来。

良山博等人像有准备一样，后退到他们提前预设好的警戒线位置，良山博虽然研究梅花已久，但依然没能清楚地知道梅花身上到底有什么异常的能力反应，但他知道，他最期待的也是梅花的这种异常反应。

"穆枫就在1号实验室里面，你要不要进去看看，说不定还能见到他最后一面。"良山博说完故意猖狂地大笑着，他要激怒梅花，才能得到他想要的梅花的邪念体灵。

1号实验室？梅花才反应过来，看来之前自己那次并不是做梦，很可能是某种形式的预知能力。这样一细想，之前她做过的很多次梦似乎都应验了，梅姨和梅小妹坠入深渊，是预示着他们的任务最终会让他们有堕入深渊的危险，穆枫在海边被一只大手抓住，预示着他被某种力量控制，病房里的梅小妹变成了梅姨，预示着梅姨会像梅小妹一样离开，良山博变成了梅大鹏，寓意着良山博将取代梅大鹏成为梅花身边最可怕的人，1号实验室里的穆枫……现在也应验了。这些梦境全都以各种形式在现实中发生了。

梅花从没有去正视自己的这个能力，她之前总是在麻痹自己，当她意识到梅姨和梅小妹的出现很有可能是源于自己所具有的某种能力时，她根本不敢往下想，当她一次又一次见到时空契约者，也就是老年的她时，她还在欺骗自己，她不相信自己会具备某种所谓的能力。直到听了红姨的故事，梅花彻底解开心结，她想她可以做一个用自己的能力去守护身边人的人了。

想到这儿，梅花突然释出身上的蓝光能量团，良山博迅速吞了一颗药丸，而其他人根本来不及反应就被冰冻住了。

梅花径直走到1号实验室门口，门是关着的，梅花轻吼一声,又一股能量团爆发,实验室的门瞬间崩裂,要知道这扇门可是千斤钢铁制成的,但在梅花面前却如一层窗户纸一般。

门被打开后,梅花看到楚森的身体躺在实验舱里,实验舱中无数的精密仪器对准了他的身体,但是一切生命体征都终止了,楚森死了。

"楚森的死,意味着穆枫也消失在这个时空当中了。"良山博的声音从身后传来,由于他吃的那颗药丸发挥作用,所以他并没有被冰冻住。

梅花愤怒地回过头,只见良山博的手上拿着一个微型机器,他对准梅花按了下来,一股强光瞬间包裹住了梅花的身体。

就在良山博得意地以为自己得逞时,突然发现那道强光消失了,"怎么会……怎么会这样?"良山博大叫着,他的精密仪器失灵了。

梅花带着怒火向良山博走了过来,良山博吓得直往后退,只见梅花身上爆发的能量团笼罩住了整个实验室,待能量团的光亮消失时,梅花不见了,和她一起消失的还有良山博。

35
重回过去

随着浑身一阵剧痛袭来，良山博睁开了眼睛，他竟完全不知自己身在何处。他试图活动着身体，却发现根本动弹不了。一股奇怪的味道扑鼻而来，他的身体似乎被一个大号垃圾桶罩住了，他只能透过垃圾桶的口来观察外面的环境。

他的面前有一个五颜六色的儿童滑梯，滑梯坐落在红色的塑胶跑道上。这里是什么地方？游乐场吗？他怎么会在这里？

就在这时，一双眼睛突然出现在垃圾桶的丢弃口中，良山博吓得眼睛直转，他想喊，但是根本发不出声音。那双眼睛逐渐和垃圾桶拉开距离，良山博逐渐看清楚了，这人不是别人，正是梅花。他从没有觉得梅花会这么可怕，他想逃跑，却无处可逃。

梅花突然开了口，说道："你害怕了吗？你也有害怕的时候？你伤害了我的弟弟把他变成植物人，你利用梅姨让我们自相残杀，你杀了楚森，更害死了穆枫，你做了这么多坏事，如今却害怕我这样一个从没害过你的人，你不觉得你太可笑了吗？也许你现在都搞不清楚，你害怕的是你内心的地狱，是你做过的亏心事将你推入万丈深渊的恐惧感，你害怕的是你突破道德底线害人时，无法自圆其说的自责和愧疚，你看看你那双手，那双不知害死多少人的肮脏的手！"

梅花说到这里，真恨不得上前给他一巴掌，不过她还是将挥起的手慢慢放下了，说道："打你都嫌脏了我的手！你知道这是哪里吗？眼前的滑梯熟悉吗？这是你家附近，你小时候常来玩的地方，你说我要是在这里直接把小时候的你干掉，那现在的你是不是就直接烟消云散了呢？"

听到这里，良山博瞪大了眼睛，他没有想到梅花会把他带到这里，更没想到梅花会有如此狠毒的想法。他想求她，求她放过自己，但眼下他动不了，也开不了口，他明白了，梅花是故意连开口的机会都不给他，他只能眼睁睁地看着梅花。

"看来你是想明白了，那么你就在现在的你和过去的你之间做个选择吧！"梅花背过手踱着步子。

良山博满脸的疑问，难道梅花已经知道了他的来历？

"也许你还不知道，当有人要破坏时空秩序时，时空契约者就会孕育而生，来制止这样的事发生，而你们自以为监测到了我身上的数据信号，就成了你们葬送自己的催命符，因为我就是时空契约者。当我的封印解开时，宇宙中所有人的来历和去向，我都一清二楚，所以我当然知道你是谁。"

良山博惊恐地看着梅花，他似乎不敢再听下去，他的体内

◇ 我和我生命的延续

好像有某种翻江倒海的力量正在汹涌袭来。

梅花看着他恐惧的样子冷笑着，继续说道："从小你就体弱多病，你的家族为了你建立了这个神秘的组织，集合社会上各阶层的精英，他们为了给你延续生命，所以花了大量的人力物力来研究生命体灵切割。但是你的家族欺骗了所有人，组织内部的人从不知道被切割后的生命体灵去了哪里。那时候你生命垂危，最后一次就是晕倒在这个滑梯旁边，你本该在这里彻底终结生命，但是你的家人得知生命灵的力量可以帮你延续生命，所以你的家族就将每一次切割分离出来的生命灵转化为能量团注入进你的身体，这样你就能在不伤害生命体和生命灵的情况下存活下来了，你的家族不惜以牺牲其他人的生命为代价来换取你一人的苟活，可是仍旧满足不了你身体的需要，而且你身体的长生速度也比正常人缓慢。李凯说很多年前你就加入了神秘组织，没人知道你的背景，结果这么多年过去，你还是这般年轻的模样，起初我也以为你是时空之旅回去的人，但当我的能力被激活之后，我就彻底明白了，你根本不是经历了什么时空之旅的事故，我要没算错的话……"

梅花比画着手指头算了一下时间，然后继续说道："你今年应该四十岁了，所以什么天才儿童、十八岁的博士学位都是鬼扯，你这种需要被注入生命体灵能量才能存活的人，根本没有时空之旅的能力。之后你的家族为了你开始寻找更大的生命灵能量，于是就盯上了我和我的家人，你们利用时空计划想要切割我的生命体，结果穆枫出现保护了我，于是你又跟踪我接近我，试图再次将我的生命体切割。但是，冥冥之中自有定数，老天怎么会让坏人一直得逞呢？怎么样，说到这里，还用我接着往下说吗？"

此时，良山博的身体已如地狱之火一般，在燃烧般侵蚀着他，他快失去全部的意识了，一股能量似乎即将要爆发出来了。

眼看时机成熟，梅花等的就是这个时机。还记得之前说过的吗？生命体灵的切割需要在将实验体激怒时，才能释放最大的能量，但像良山博这种吸入了大量生命灵的人就需要激发他内心的恐惧，这样他体内其他的生命灵才会逐渐恢复意识从而复苏，梅花为了解救那些无辜被切割的生命体灵，故意刺激良山博，让他体内的生命灵被激活唤醒。如今已经奏效，梅花迅速利用能量团将良山博体内的生命灵释放出来，空中一道道似萤火虫般的光亮大量聚集后逐渐消失，回归到了他们本来的生命体内。

良山博的身体迅速老化干瘪，他看着梅花，嘴型轻轻地动了一下，说了一句："谢谢你……"

没错，良山博是这样说的。其实他从很小就堕入这种无尽的深渊当中，他也试过挣扎着摆脱这种命运，但就像吸毒上瘾一般，他戒不掉，或者说他根本没有勇气戒掉，所以他就一直这样苟活着。直到梅花释放了他体内的生命灵，他的内心不再觉得亏欠和内疚了，也许这种结局对良山博来说还是不够狠，但是梅花认为，一味地报仇和伤害并不能真正解决问题，而且还会带来新的纠缠不清的仇恨，饶恕别人的罪过，也就是饶恕自己的心，这样的结局是最好的安排了。

这时，一个小男孩在滑梯旁边晕倒了，梅花走上前去看到小男孩生命垂危的样子，便伸出手为小男孩注入了一团能量团，小男孩的家人跑过来将小男孩搂在怀里失声痛哭，没想到不一会儿小男孩竟睁开眼睛，奇迹般地复活了，他的家人欣喜若狂，相拥而泣。

垃圾桶里的良山博，身体越来越萎缩干瘪，直到化为一摊污泥前，他的眼睛一直盯着小男孩的方向……

36
守护

良山博体内的生命灵释放时，梅花并没有在其中发现穆枫的生命体灵，穆枫的生命体灵似乎失踪了。穆枫到底发生了什么事？

梅花运用时空契约者的能力，回到了当时，穆枫失踪的地点，她看到门外一个小孩在哭。不一会儿，另一个穿着白裙子的梅花和穆枫出现了。白裙子梅花抱走孩子后，发现穆枫被醉汉打倒，掉进井里昏厥。作为时空契约者的梅花救起穆枫，为了保险起见，不吓到白裙子梅花，她只好将昏厥的穆枫放到芦苇路边。白裙子梅花赶到时发现穆枫倒在地上，而穆枫也逐渐苏醒过来，他们紧紧相拥在一起……

梅花知道这个穆枫并不是她要找的穆枫，她要找的穆枫不知道去了哪里，但她愿意去守护那个时空里他们的幸福，因为她曾答应过梅姨要许她一个美好的未来。

"宇宙间有无数的平行宇宙，有无数的可能性，不好的可能性都让这个时空的我来经历好了，想着有那么一个时空里自己是幸福的,就很满足了,我愿为那一个幸福的可能性去努力奉献全部,竭尽全力去呵护那份幸福。"这是梅花的心里话。

梅花知道,当穆枫被救后,自己需要修补时空漏洞,于是她又回到醉汉和穆枫打斗的那座房子里。屋子里除了小男孩之外,竟然还有一个小女孩,这个小女孩不是别人,正是小时候的梅花,也就是梅小妹。梅小妹的脸浮现在梅花眼前,没错,被抓的人正是梅花的父亲梅大鹏,梅大鹏终究还是要为自己的家庭暴力去赎罪。梅花把小男孩送到红姨那里,红姨带着小男孩长大,现在看来,之前红姨身边的养子正是他的亲生儿子。

梅花将梅小妹身上的能量和记忆封印,将她送到了离童年穆枫不远的一家福利院。

梅花守护着小梅花和小穆枫长大,小穆枫在一次家暴中差点死掉,是梅花救了他并守护他长大。二十多岁的梅花差点自杀,也是她以时空契约者的身份找到梅小妹和梅姨去解救二十岁的梅花,最终打开了二十岁梅花的心结。

不知不觉中,梅花变成了老梅花,她一直肩负着时空契约者的责任,守护着时空的秩序。

老梅花写了一封信给二十岁的梅花,信的内容如下:

36　守护

亲爱的你,
要知道虽然这个世上伤害很多,
但我相信你可以救下你自己。
不要轻易放弃生命,
你可以过得很幸福。
即便你不够幸运,
即便你没有被这个世界温柔以待,
那么就请从此刻开始,
让我们一起努力,
许自己一个美好的未来……

（完）

37 结语

还记得我们开篇的三个问题吗?

1. 当过去的你和未来的你同时出现在生活当中,你会如何去面对他们?

2. 对于那些在生活中曾深深伤害过你的人,你会选择报复击垮他们,还是选择原谅和解?

3. 你觉得你的生命可贵吗?

我们该如何面对过去的自己,才算是给自己一个完美的交代? 我们又该如何做,才能不让未来的自己遗憾失望呢?

梅花在两个不同时空当中,前面是用报复式的方式去对待仇人,后面是化干戈为玉帛,彻底化解了大家的心结,你喜欢哪一种方式呢?

梅花从一开始想自杀,到最后选择用自己的生命去守护周围的人,她的选择对你是否有所触动呢?

人的一生中有无数种可能性,你想过上哪种生活,那种可能性就会无限变大,最终成为现实。看到这里,我知道你的心里已经有了属于你的答案,无论是哪种选择,我都会祝福你过好此生。

感谢梅花伴随着读者一路成长,梅花是你也是我……